insel taschenbuch 4901

Claire Berest

Das Leben ist ein Fest

Frida Kahlo spricht nicht, sie brüllt, sie flucht wie ein Bierkutscher, demonstriert mit den Kommunisten auf den Straßen von Mexiko-Stadt, trinkt literweise Tequila, feiert unzählige Feste – und das alles mit einem von Schmerzen gepeinigten und geschundenen Körper. Und sie malt, revolutioniert mit ihren Selbstporträts die Kunst ihrer Zeit, man sieht ihre Werke in den Galerien von New York und Paris.

Vor allem aber kreisen Fridas Gedanken um ihn, den Riesen, den »größten Maler Mexikos«, Diego Rivera. Sie kann sich kein Leben ohne ihn vorstellen, auch wenn die beiden – »der Elefant und die Taube« – ebenso wenig getrennt wie gemeinsam leben können …

»Berest beschreibt diese eigenwillige Frau so, wie alle Frida-Kahlo-Bilder wirken: leidenschaftlich schön.« *Gala*

Claire Berest, geboren 1982 in Paris, veröffentlichte mit 27 Jahren ihren ersten Roman. 2017 schrieb sie zusammen mit ihrer Schwester ein Buch über ihre Großmutter, Gabriële, das in Frankreich rasch zu einem Bestseller wurde. Mit Frida Kahlo beschäftigte sich Berest jahrelang, ehe sie ihren Erfolgsroman *Das Leben ist ein Fest* schrieb.

Christiane Landgrebe war Lektorin in verschiedenen Verlagen, ist Autorin von Biografien über Rousseau, Diderot und Madame Roland und übersetzte u. a. Bücher von Philippe Claudel, Henri Alain-Fournier und Elie Wiesel.

CLAIRE BEREST

DAS LEBEN IST EIN FEST

Ein Frida-Kahlo-Roman

Aus dem Französischen von
Christiane Landgrebe

Insel Verlag

Die Originalausgabe erschien 2019 unter dem Titel *Rien n' est noir*
bei Éditions Stock, Paris.

8. Auflage 2026

Erste Auflage 2022
insel taschenbuch 4901

Umschlaggestaltung: Designbüro Lübbeke Naumann Thoben, Köln
Umschlagabbildung: Olaf Hajek, Berlin
Satz: Greiner & Reichel, Köln
Druck: CPI books GmbH, Leck
Printed in the EU
ISBN 978-3-458-68201-1

Insel Verlag Anton Kippenberg GmbH & Co. KG
Torstraße 44, 10119 Berlin
info@insel-verlag.de
www.insel-verlag.de

Für Albéric, mi cielo, mi vida.

Und natürlich für Frida de Gayardon.

Malen möchte ich dich, doch mir fehlt es an Farben – es gibt ja so viele – in meiner Verwirrung. Der konkreten Form meiner großen Liebe.

Frida Kahlo, *Brief an Diego Rivera*, 1952 oder 1953

Die Literatur ist denkbar schlecht geeignet, um innere Geräusche wiederzugeben und zum Klingen zu bringen – es ist also nicht meine Schuld, wenn ich nicht den Klang eines Herzens, sondern den einer zerbrochenen Uhr hervorbringe.

Frida Kahlo, *Brief an Ella Wolfe*, 1938

I
MEXIKO, 1928

Blau

Elektrizität und Reinheit. Liebe.
Distanz. Auch die Zärtlichkeit kann von diesem Blau sein.
Frida Kahlo, *Gemaltes Tagebuch*

Kobaltblau

Sie sieht nur ihn, ohne ihn anschauen zu müssen.

Er vergnügt sich endlos im beinahe toten Winkel, am Rand des Blicks, wo man mehr erahnt als erkennt. Ein spektakuläres Gebilde, halb Dickhäuter, halb Krake mit vereinnahmenden Tentakeln, das den ganzen Raum nassspritzt, in dem sich seine Masse ausbreitet. Eine Zirkustrophäe, die sich jede Frau gern an die Brust heften, der sie sich gern hingeben würde. Dieser zentnerschwere Mann von unnatürlicher Beweglichkeit, dessen Überfülle rosafarbenen Fleisches die Wendigkeit und Schnelligkeit eines Knüppels noch verstärkt, weckt bei einer jeden unmittelbare und unzähmbare Lust auf Verbotenes. Ohne dass sie es sich eingestehen können, verzaubert Diego Rivera das schwache Geschlecht wie ein berauschender Duft, der im Vorüberziehen die Sinne betört, ein Hypnotiseur, durch den alle Scham verschwindet, die Brüste schwellen, und das Urbedürfnis nach Besitz erwacht.

In seinem Beisein steigt die Stimmung eines Festes um eine Oktave, Ungeniertheit breitet sich aus, Schönheitsflecken glänzen, schlummernder Mut kommt in Schwung. Es knistert. Allein seine Gegenwart lässt den Charme der Schönredner und wohlgeformten Körper verfliegen, der eben noch in der Luft lag. Er fesselt, er fasziniert. Während Frida ihn anstarrt, kommen ihr die leuchtenden Punkte in den Sinn, das lästige Blinken, das ständig vor den Augen tanzt, auch bei geschlossenen Lidern, wenn aggressives Licht die Netzhaut so gereizt hat, dass geisterhaftes Blitzen im Innern der Augen andauert. Durch welche Gunst ruft die Aura dieses Monsters ein so aphrodisisches Glitzern hervor? Diego ist nämlich hässlich, wirklich hässlich, was ihn selbst amüsiert. Eine Hässlichkeit, die schmeckt, den Appetit anregt. Man möchte in den dicken Bauch hineinbeißen, sich die Zähne schmutzig machen, seine kräftigen Finger lecken, mit der Zunge über seine zu weit auseinanderstehenden dunklen Glupschaugen fahren.

Sie reißt sich von der Betrachtung des bekanntesten Malers Mexikos los und lässt ihren Blick über die anderen Anwesenden schweifen, eine formlose, berauschende Menge an Möglichkeiten. Eine Feier wie jede andere, oder?, denkt sie. Wie immer lüftet sich ein wenig der Schleier von den Pflichten des Tages, man brüllt lauter, atmet tiefer, trinkt mehr und rascher, das Lachen wird schneller, fällt vom Mund herab, stürzt sich auf den, der gerade vorbeikommt, und küsst ihn. Doch die Feste bei Tina Modotti haben den seltsamen Reiz, einander nie zu gleichen. Sie versprechen solche Entgleisungen, dass Frida gern die stille Beobachterin spielt.

Frida Kahlo geht von einem Raum zum nächsten, um die von leidenschaftstrunkenen Geschöpfen bevölkerte Mondlandschaft aus wechselnden Perspektiven zu betrachten. Sie mustert die Männer, die wie Herren des alten Spanien gekleidet sind, ihre strahlenden Knöpfe, die geraden Nähte, ihr Strähne um Strähne gebändigtes Männerhaar, ihre elegante Haltung, die danach verlangt, außer Fassung gebracht zu werden; und die schönen Dichter mit ihrem gepflegten Äußeren dicht an dicht mit anderen *hombres* in zerknitterten Hemden, Besitzer einer einzigen Hose, die sie jeden Tag der Woche über ihre grau gewordene Unterhose ziehen, denen wenig gehört, da sie mit den Händen arbeiten, doch sie alle haben für sie den gleichen perfekten Schweißgeruch, sie alle verschmelzen zu einem Bild, denn Frida sieht sie nackt vor sich, mit einem Wimpernschlag wischt sie ihr stolzes Gehabe, ihre Posen und ihre Staffage beiseite. Angespannte Muskeln, Sehnen, schwarz behaarte Oberkörper, zarte und zu große Füße junger Männer nehmen in ihrem Kopf Gestalt an. Hier bei Tina stehen die Frauen ihnen in nichts nach, sie sind ebenso selbstsicher und heißblütig; auch sie sind frei. Die einfachen Näherinnen, die gekommen sind, um zu trinken, reden ebenso laut wie die Frauen, in deren Milieu man taillierte Kleider trägt. Für die Zeit eines Rausches versöhnen sich die einander bekämpfenden Klassen. Tina Modotti ist eine Abenteuerin. Die italienische Fotografin mit zahlreichen Liebesaffären und politische Aktivistin hat das entspannte Gesicht jener Frauen, deren Schönheit neben ihrer Intelligenz und ihrem Können nur ein überraschendes Detail ist. Sie ist eine Lebenskünstlerin. Ihr Freund Germán de Campo hat Frida in das Milieu der Künstler und Kommunisten (ein Pleonasmus) eingeführt, als sie sich endlich von dem medizinischen Korsett befreit hatte, in dem sie monatelang ans Bett gefesselt war, als Frida wieder anfangen konnte zu leben – kein normales Leben, aber immerhin ein Leben. Sie hat Tina Modotti bei der PCM, der kommunistischen Partei Mexikos, kennengelernt, in die Frida eingetreten war. Schon bei der ersten Umarmung fanden sie Gefallen aneinander, seit der zweiten lieben sie sich. Frida mag ihre italienische Nase, ihre vollkommene Brust und ihre Haarknoten, die sie im Rhythmus ihres stakkatohaften Redeflusses auflöst. Frida gefällt es, wie Tina, die Ausländerin, die mexikanischen Frauen von hinten, die Hausfassaden von vorne und die Blumen ohne Stiel fotografiert, Frida mag Tinas Art, Mexiko zu lieben.

Frida hält sich im Hintergrund, ihr Körper hat sich von dem Unfall noch nicht ganz erholt. Er glüht, dieser Körper, wie eine Blechplatte in der prallen Sonne, ihr dürstet nach starkem Alkohol, nach *guitarrones* und kompromisslosen Trompetenklängen, die sie in Sphären heben, aus denen man nicht unversehrt zurückkehrt, doch ihre Beine können sie kaum tragen. Frida muss sich wieder neu lernen, jede Bewegung kann unerwartete, schreckliche Folgen haben, der Schmerz liegt immer auf der Lauer, jederzeit bereit zuzubeißen. Die Angst lässt sie frösteln, sie, die früher für ihr Leben gern gerannt ist.

Wettrennen durch die Gänge der Schule, im Sprung über die niedrigen Mauern ihres Viertels, in den Klassenzimmern vor ihren strengen Lehrern, Klettern um die Wette auf Gerüste und Bäume, Rennen durch die Straßen von Mexiko, um keine Begegnung zu verpassen, die einem Tag oder dem ganzen Leben eine entscheidende Wendung geben könnte, Rennen, bis sie nicht mehr wusste, wo ihr der Kopf stand, Frida, unersättlicher Feuerkopf, die von klein auf nur die Spiele der Jungen spielte und keine Herausforderung ausließ, bei der man sich die Knie aufschlagen, die Sinne verwirren und das Gesicht zerkratzen konnte.

Fridas Beine haben sich in einer Art Kribbeln die Erinnerung an ihre frühere Unerschrockenheit, ihren unfehlbaren Mut bewahrt, doch heute sind sie abgestorbenes Holz, mit zwanzig Jahren seit dem Unfall verrostet, teuflischer, schizophren gewordener Körper, und so bewundert Frida Germán und Tina, die wild und ausgelassen wie die Teufel tanzen, ihr ist fast so, als tanzte sie mit, als Tina ihren Rock anhebt, Schweiß zwischen Beine und auf Stirnen treibt und ihrem kubanischen Liebhaber Antonio Mella freudig und beschwingt einen Tequila nachschenkt.

Der blendend aussehende Mella mit dem Gesicht einer griechischen Statue, den man gern in zwei Bissen verschlingen möchte, ohne zwischen seinem Kopf, seinem Körper und seinen Reden zu unterscheiden.

Das Grammophon dröhnt immerfort, die Boheme strömt weiter herbei, wie schwarze Ameisen, die über eine Honigquelle herfallen. Alles ist ausgelassen, politisch und tragisch. Schamgefühle und Tabus verschwinden. Nach den langen Monaten, in denen sie liegen musste, sind Tinas Feiern für Frida das beste Mittel, wieder auf die Beine zu kommen. Mit ihren zwanzig Jahren fühlt sie sich alt und möchte wieder ihre Jugend genießen, den goldenen Faden wieder aufnehmen, sich wie früher ins Getümmel stürzen, als sie irrlichternd durch die Gegend streifte, die lauten Diskussionen und all die Scherze machen ihr den Kopf frei, die Musik durchdringt sie, drängt in ihre Adern, sie kann nicht losstürmen, noch nicht, wie sie hofft, aber das kommt wieder, es ist schon fast da, sie singt trotz allem, fasst irgendeinen Genossen an den Nacken, es sind hier ja *alle* Genossen, sie trinkt und trinkt, stürzt Mezcal die Kehle hinunter, von dem jeder Tropfen die Wirklichkeit umstößt. Frida kann nach wie vor trinken, sie ist trinkfest auf ihren Beinen aus Pappmaschee. Sie weiß, dass sie nie mehr das Gefühl haben wird, zwanzig zu sein, nie mehr den unbändigen Schwindel ihres Körpers spüren wird, der sich für immer die Jugend aneignet, aber da kommt Tina auf sie zu, Göttin mit wildem Haar, hüftschwingend beugt sie sich an ihr Ohr.

Sie hat sie überall gesucht. »Frida, ich habe dich überall gesucht, Diego Rivera ist da, er zieht nebenan eine Schau ab. Ich muss ihn dir vorstellen. Zehn Frauen hängen an seinen Lippen und seinem Hemd.« Frida tut so, als wäre sie überrascht. Ach ja, nein, ich habe ihn gar nicht gesehen. Tina packt sie an der Schulter und macht sich mit ihr auf die Suche nach dem *monstruo*. Endlich. Die beiden Frauen drängeln sich durch die feiernde Menge, Frida richtet sich unwillkürlich auf, mit neuer Kraft, wie man sie verspürt, wenn das Warten ein Ende hat, eigentlich ist sie ja nur hier, um Rivera kennenzulernen.

Plötzlich der laute Knall aus einer Knarre. Spitze Schreie der Frauen, ein Tisch bricht ein, Gerenne und ein Riesenlärm. Tina vergisst Frida und ihre Kuppelabsichten, im Innenhof herrscht Krieg. Dinge gehen zu Bruch, dennoch bricht Lachen aus, Gesänge ertönen, die betrunkenen Männer stürmen mit Flaschen in der Hand hinaus, zu anderen nächtlichen Vergnügungen. Die Frauen folgen ihnen. Oder überholen sie. Feste gehen nicht zu Ende, sie ziehen nur weiter.

Hier herrscht ein heilloses Durcheinander, denn Diego Rivera, dieser Dummkopf, hatte seine Pistole gezückt und auf das Grammophon geschossen, wie Frida Kahlo jetzt erkennt, dabei lächelt sie und zündet sich behutsam ihre x-te Zigarette an.

Sie atmet den Rauch ein und wieder aus. Anmutig.

Schwebend.

Rivera hat, als er sich davonmachte, seine Jacke vergessen, der Ärmelaufschlag hat die Farbe des Innenfutters, ein fast violettes Blau, Kobaltblau. Frida legt sich in dem verlassenen Salon die Jacke um die Schultern und verschwindet darin, so groß ist diese, sie hält die breiten Ärmel, in denen ihre Arme verschwinden, an ihr Gesicht, es riecht nach Leder und Tuberose, sie nimmt den Geruch des Malers tief in sich auf. Kobaltblau ist perfekt, es gibt wohl nichts Schöneres, um Atmosphäre zu schaffen.

Auf ein andermal, Diego, ich habe Zeit. Das Gefangensein im Korsett hat mir beigebracht, was Zeit ist.

Stahlblau

Durchdringendes,
in die Nacht fliehendes Blau

Sie lieben sich. Was heißt das? Frida hat sich selbst ausgezogen, sehr schnell, hat den Rock achtlos auf den Boden geworfen, hat ihre Bluse aufgeknöpft, Knopf um Knopf, blitzschnell, nackter Körper, Unterhose heruntergerutscht, sanft, sie bietet ihren Körper dar, ohne Scheu, ohne falsche Scham, sie hat ihren Körper, der sie so oft verraten hat, früh zu zähmen gewusst: zu mager, schmale Hüften, ein Bein durch Polio verkürzt, das Mädchen hinkt, Humpelbein-Frida, ein geringes Körper-Kapital, das sie genau beobachtet hat, in jede Richtung, in aller Nüchternheit, Dellen, Höcker, so sehen die Karten aus, die Lage ist nicht aussichtsreich, *keine zweite Ziehung.*

Diego fällt zuerst wie ein Menschenfresser über sie her, ohne Hemmungen, gierig, mit Speichel und Zähnen, scheint nichts zu sehen, scheint blind zu schmecken, eine Nase, die sucht, Gerüche aufsaugt, alle Farbnuancen der Haut, eilend und freudig, er ist nichts mehr als Hände, die ungebremst zupacken, die erste Erkundung eines genießerischen Besitzers, und er ist noch angezogen.

Sie kleidet ihn aus, zieht den Gürtel heraus, um seine weiten, unförmigen Kleider zu lösen, sucht sich einen Weg durch die Fülle, befreit ihn von den dicken schwarzen Schuhen, muss ruckartig daran ziehen, lässt ihm den Stetson auf dem Kopf, legt den Körper von Diego frei, sogar in Europa bekannt, ein mythisches Totem, das doppelt so alt ist wie sie und ihr zehn Leben vorausghat, sie schwingt sich auf ihn, keiner der beiden lacht, zu berauschend ist ihr Verlangen, sie hockt auf ihm, küsst seine Männerbrust, im Bewusstsein all der wilden Spiele mit den Frauen vor ihr, der kundigen, der tugendhaften, der verdorbenen, die vor ihr dieselben Gesten vollzogen haben, die doch nicht dieselben waren. Beim Sex gibt es immer ein erstes Mal. Auf diesem Zauberberg reiten, Diego plötzlich so leicht und geschickt, Herr über den Besitz, seiner Rechte sicher, idealer Lenker, gieriges Kind, eignet sich das Innere an, schaut begehrlich, Kunstwerk Lustknopf, Hammer der Begierde, ein Kenner, Perlen auf den Schlüsselbeinen, die kleine Frau stets in Bewegung, stürmisch, bellendes Hündchen, ganz und gar mitten im Geschehen, sie machen Liebe, was bedeutet das?

Dann ist es vorbei, die Spannung lässt nach, sie wischen die Flecken weg oder auch nicht, es ist ein süßer Moment im Dunkeln, sie haben kein Licht gemacht, als sie sich zum ersten Mal aufeinandergestürzt haben, zum ersten Mal miteinander geschlafen haben, wie beim Öffnen der ersten Flasche auf einer Feier, mit einer Spur Festlichkeit, vor allem aber Feuereifer, weil diese Feier so ersehnt war, und Diego fragt Frida, ohne sie anzusehen: Was um Gottes willen sind denn das für Narben?

Sie weiß alles über ihn, kennt seine Mythologie, er aber weiß nichts über sie, sie ist ein Niemand. Er der größte Maler Mexikos, sie eine Mestizin aus Coyoacán mit gebrochener Wirbelsäule, zwanzig Jahre jünger als er. Sie beantwortet seine Frage, erzählt ihm ihre Geschichte.

Es geschah vor mehr als zwei Jahren. Sie war den ganzen Tag mit Alejandro, ihrem Liebsten, ihrem *novio*, durch die Stadt geschlendert, statt sich der Schule zu widmen, unbekümmert, unbeschwert, ein wenig wie zwei Banditen, ohne besonderes Ziel, an einem jener Septembertage, an denen der Sommer sich dem Ende zuneigt und die Gerüche der Saison schwerer werden. Sie hat sich Nippes gekauft, Püppchen und Armreifen, sie kann nicht anders, ein Blick auf wertlose Gegenstände und sie verwandeln sich in unentbehrliche Glücksbringer, sie sammelt allen möglichen Kram, Alejandro ist ein wenig irritiert von ihrem kindlich hexenhaften Fetischismus, doch es habe ihn berührt, erzählt sie.

Sie erzählt es Diego leise im Dunkeln. Jetzt ist es kühl, das Schwitzen hat aufgehört, ihre Körper sind nah beieinander, duftend und spielerisch.

Alejandro und Frida sind in den Bus gestiegen, um nach Hause zu fahren. Als sie sich hingesetzt hat, fällt ihr auf, dass ihr Sonnenschirm weg ist, sie ist ganz aufgeregt, fragt Alejandro: »Wo ist mein Sonnenschirm? Gerade, als wir über den Markt gelaufen sind, hatte ich ihn noch.« – »Ist doch egal, Frida, ist bloß ein Sonnenschirm.« Nein, das ist überhaupt nicht egal, Frida hat Angst davor, ihre Sachen zu verlieren, sie geben ihr Sicherheit, sind ein Teil von ihr. Sie nötigt ihn auszusteigen. »Wo willst du ihn denn jetzt suchen?«, murrt Alejandro, als sie auf dem Bürgersteig stehen. Er schenkt ihr einen neuen, einen schöneren. Er überredet Frida und zieht sie mit sich, um gleich den nächsten Bus zu nehmen. Sie hat den Sonnenschirm eigentlich schon wieder vergessen, Dinge haben nur dann einen Wert, wenn man eine Geschichte mit ihnen verbindet, und Geschichte entsteht *sobre la marcha*, der neue Sonnenschirm wird sich mit diesem Missgeschick verbinden, sie sitzen hinten in dem vollen Omnibus eng nebeneinander, Frida drängt sich dicht an Alejandros Körper, den sie in- und auswendig kennt, so, wie sie sich heute Abend zum ersten Mal an Rivera drängt, während sie erzählt. Der Bus ist nagelneu, der Lack glänzt, die Sitze und Bänke sind kein bisschen abgenutzt, bemerkt sie und sieht auch eine Mutter mit einem lebhaften Kind mit ganz besonderen stahlblauen Augen, die Mutter hat einen schweren, niedrig sitzenden Haarknoten, ihr Sohn zieht an einer Strähne, kleiner Quälgeist, die Mutter lächelt müde, Frida überlegt, ob sie der Frau ihren Sitzplatz anbieten soll, denn die Frau muss stehen, da fällt ihr Blick auf die Werkzeuge eines Mannes in einer Latzhose mit rehbraunen Flecken, den sie von hinten sieht, sicher ein Anstreicher, und dann sieht sie es. Eine Straßenbahn auf der rechten Seite des Busses. Sie lacht, denn sie hat den Eindruck, dass sie direkt auf sie zufährt, ein nervöses Lachen, so, wie man lacht, wenn plötzlich etwas Ungewöhnliches geschieht, eine optische Täuschung, bei der man nur spielt, als hätte man Angst. Sie ruft, aber vielleicht denkt sie es nur. »Sieh mal, Alejandro, die Straßenbahn!« Sie denkt: Es geht vorbei, ja, es geht vorbei! Es sieht aus, als führe sie in uns hinein, aber das geht vorüber. Sie sieht das Chaos näherkommen, sie glaubt es nicht, weil sie unbesiegbar ist. Sie trägt eine Aztekenrüstung, sie ist ein Geist. Das ist nur ein Spaß. Sie schaut Alejandro an, er sitzt da, hält mit der linken Hand gedankenverloren ihre Tasche fest, lässt seinen Blick in die entgegengesetzte Richtung schweifen. Sie denkt an den Stein in der Tasche, den sie unterwegs aufgehoben hat, ihr kann nichts passieren. Sie hat keine Angst. Warum hat sie keine Angst? All diese Gedanken schießen ihr binnen einer Sekunde durch den Kopf. Alejandro hat keine Zeit, ihr zu antworten, falls sie den Satz überhaupt laut ausgesprochen hat. »*Sieh mal, Alejandro, die Straßenbahn!*, denn schon fährt die Straßenbahn in den Bus hinein, ohne Lärm, wie in einem Traum. Der Bus gibt nach, wie Gummi, das die groteske Verformung fügsam über sich ergehen lässt, die diese Straßenbahn dem Bus hartnäckig zufügt, funkensprühend, weil sie hindurchwill, der Bus verkrümmt sich immer mehr zu einem Hufeisen, faltet sich wie der Körper einer im Sturm von einem Grobian vergewaltigten Madonna, Frida spürt an ihren Knien eine Berührung, beruhigend, aber unlogisch: Die Knie ihres Gegenübers berühren sie jetzt in diesem in der Mitte gefalteten Bus, die Augen vor Staunen weit aufgerissen, und alles zerspringt.

Diego sagt kein Wort, er hört Frida zu, einen Arm um ihre Brust gelegt, geht ganz in ihrer Geschichte auf, bewegt keinen Muskel außer einem Finger, mit dem er Fridas Achselhöhle streichelt, unwillkürlich, denn diese Stelle ist sehr zart und das Bedürfnis nach einer Berührung, so leicht sie auch sei, ist groß.

»Wir waren genau an der Ecke Cuahutemozin/Calzada de Tlalpan«, sagt sie.

Und alles zerspringt.

Sie weiß nicht mehr, ob sie ohnmächtig geworden ist, sie hat den Eindruck, dass sie die ganze Zeit über die Augen geöffnet hatte und bei Bewusstsein war, sie fragte sich, wo ihre Sachen waren, daran erinnert sie sich deutlich, dass sie sich um ihre Sachen sorgte, ihre Tasche auf dem Schoß von Alejandro, der neben ihr im Bus auf der Bank saß, die es nicht mehr gab. Da war kein Alejandro, keine Tasche, kein Bus mehr. In der Tasche war ein kleines Holzspielzeug, das sie gerade gekauft hatte, ein blaues Kugelfangspiel, in dem es klackert, wenn man es bewegt, ganz reizend. Wo ist die Tasche hin? Wo ist Alex? Und wo ist sie selbst? Sie weiß nicht mehr, ob sie sitzt, liegt oder steht. Wo oben und unten ist. Sie hat den Kompass ihres Körpers verloren. Tumult dringt wellenartig bis zu ihr vor, erschütternde Schreie und lautes Weinen brechen aus, als hätte man den Geräuschdämpfer von einem Kornett entfernt und ließe boshaft einen bis dahin gedämpften Lärm hinaus. Sie spürt keine Schmerzen, sie ist verwirrt. Endlich entdeckt sie Alejandro, sein Gesicht ist ganz schwarz, er beugt sich zu ihr herunter und will sie in den Arm nehmen. Er sieht aus wie ein besudelter Engel. Ein Mann brüllt ihren *novio* an, wir müssen es *rausziehen*. Rausziehen? Was denn?, fragt sie sich. Alejandro wird blass und hält Frida fest, während der Mann ihr entschlossen sein Knie aufs Bein drückt. Wieso machen die das?, fragt sie sich kurz. Plötzlich ruft der Mann »Los!« und zieht mit aller Kraft an einer Eisenstange, die aus ihr herausragt. Ein stechender Schmerz reißt sie aus ihrer Benommenheit. Ein überwältigendes Feuer, das jegliche Vorstellung von Schmerz übersteigt.

Die Stange ragte aus ihr heraus. Sie hatte ihren Körper von der einen Seite zur anderen durchbohrt.

Mit einer forschen, männlichen Geste ahmt sie das Entfernen eines Schwerts aus einer Scheide nach. Diego sagt kein Wort.

»Das Absurde ist ja, dass wir aus dem anderen Bus ausgestiegen sind, Diego, wegen eines verlorenen Sonnenschirms.«

Später erzählte Alejandro, dass er auf der Suche nach ihr in den Trümmern einen unwirklichen Schrei gehört habe. »Seht mal, da, die Tänzerin! Die Tänzerin!« Die Zeugen des Unglücks deuteten auf eine nackte Frau, die, wie durch den furchtbaren Aufprall entblößt, in den Trümmern lag, von frischem Blut bedeckt wie mit einem zu roten Kleid voller Goldstaub.

»Die Tänzerin war ich, Diego. Ich war das Schauspiel. Alle Leute sahen mich an. Der Anstreicher mit der beklecksten Latzhose hatte anscheinend einen Eimer mit goldener Farbe dabei, die durch den Aufprall verspritzte, auf mich, auf die Tänzerin, die *bailarina*, auf das, was von mir noch übrig war. Ich weiß gar nicht, ob der Anstreicher noch lebt. Man hat mir erzählt, dass ich ganz nackt und von seiner Farbe bedeckt war. Ich weiß auch nicht, was dem Kind mit den stahlblauen Augen zugestoßen ist.«

Sie zitiert ihren Lieblingsdichter:

Dachte, ich sei allein, aber bald sammelt sich eine Schar um mich, einige gehen an meiner Seite und einige hinterdrein, einige halten meine Arme und meinen Nacken umfaßt, Geister von lieben Freunden, toten und lebenden …

Diego kennt das Gedicht von Walt Whitman, er schließt Frida fester in seine Arme, möchte ihr sagen, was sie erzählt, sei so schrecklich, dass es schon wieder schön sei. Er liebkost ihren Rücken, ihre Narben.

»In mir drin ist alles kaputt, aber man sieht's nicht, oder?«, fragt Frida ihn.

Doch, denkt er, man sieht's. Man sieht's bei jeder Bewegung. Man kann sein Leid nicht verbergen. Daher sagt er einfach:

»Ich sehe dich, Frida.«

Königsblau

Tiefes Blau,
aus Färberwaid gewonnen

Der berühmte Maler Mexikos – *el gran pintor* –, Frida ging einfach hin, sie wusste, wo sie ihn finden konnte. Von jeher hatte sie auf diese Begegnung mit Rivera gewartet und fürchtete sich nicht vor ihm. Denn niemand kann Frida einschüchtern.

Dem charmanten José Clemente Orozco war sie schon begegnet – sie nehmen denselben Bus zwischen Coyoacán und dem Zentrum –, Siqueiros hatte sie bei Tina kennengelernt und fand ihn mürrisch.

Rivera, Orozco, Siqueiros, die Dreifaltigkeit der Muralisten – welcher der drei ist der Heilige Geist? Sie sind die Könige des Volks, weil sie die Malerei aus den Salons der Bourgeoisie herausgeführt, die Seele der Farben und der Maßlosigkeit wiederentdeckt, die Perspektive aufgegeben haben. Auf ihren Fresken sind die Männer und Frauen drei Meter hoch, gesund und selbstbewusst, und strecken der Menge freundlich die Hand entgegen. Als der Philosoph Vasconcelos 1920 Bildungsminister wurde, setzte er sich dafür ein, dass alle Bücher lesen können und Kunst im öffentlichen Raum zu sehen ist. Dies ist gelungen. Die Malerei ist kein Kapital für Eingeweihte mehr. Fürs Erste. Sie ist monumental, erbauend und für alle zugänglich, vermittelt den Analphabeten gratis die Geschichte des Landes und bringt den Armen in würdiger Form ihre indianischen Wurzeln nahe.

Frida wusste, wo sie Diego Rivera finden konnte, er bemalte schon seit Monaten die Fassaden des Bildungsministeriums. Wenn er ein neues *mural* in Angriff nimmt, weiß ganz Mexiko Bescheid, die Nachricht dringt in alle Adern der Stadt und belebt die Gespräche. Das Ganze ist eine öffentliche Veranstaltung, wie ein Markt oder ein Mariachi-Konzert. Die Leute kommen vorbei, setzen sich einen Augenblick hin und schauen dem Meister beim Auftragen der Farben zu. Ein kostenloses Spektakel.

Frida hatte ihn schon malen sehen. Sie hat ihn sogar schon lange unbemerkt dabei beobachtet, als sie noch Schülerin war. Er schuf im Simón-Bolívar-Hörsaal ihrer Schule, der *preparatoria,* ein Fresko, und Frida beobachtete ihn heimlich dabei, mitunter stundenlang. Es war Diego Riveras erstes Wandgemälde in Mexiko nach seiner Rückkehr aus Paris, wo er zehn Jahre verbracht und mit der gesamten europäischen Boheme von Foujita bis Picasso die Bars und Bistros bevölkert hatte. Das Fresko, *Die Schöpfung,* war von der italienischen Malerei beeinflusst, die ihn auf seinen Reisen nach Assisi und Padua begeistert hatte, er war damals noch auf der Suche nach seinem eigenen Stil als Muralist.

Wie besessen beobachtete Frida ihn aus dem Schatten des Flurs, ihre Freunde machten sich freundlich darüber lustig. Warum ging sie bloß jeden Tag dahin und sah ihm beim Malen zu? Da antwortete Frida ernst: »Eines Tages werde ich ein Kind mit Diego Rivera haben, da muss ich ihn mir vorher doch ein wenig anschauen, oder?«

Als sie Schülerin war, früher.

Früher, das heißt vor dem Unfall.

Als sie in die *Escuela Nacional Preparatoria* – Eingeweihte nennen sie *La Prepa* – aufgenommen wurde, lag die freie Welt ihr zu Füßen. Frida war fünfzehn, es war drei Jahre vor ihrem Unfall. Sie hatte die Zulassung in diese berühmte Schule erhalten, ein riesiges rotes Gebäude im Kolonialstil in der Nähe des belebten Zócalo mit der wunderbar schiefen Kathedrale und dem überwältigenden Palacio Nacional. Die Kathedrale am Zócalo. Ein göttlicher Anblick selbst für eine erklärte Atheistin mit einer wilden Ansammlung barocker Ornamente, wie Schleifen aus Klöppelspitze. Es heißt, man habe ihre Steine aus dem *Templo Mayor*, der großen Pyramide der Azteken, herausgerissen, die einst an ihrer Stelle stand. Diese Kathedrale ist schief, sie neigt sich eindeutig nach links. Als Frida einen ihrer Lehrer darauf hinwies, erklärte er ihr, dass Mexiko – von den Atzteken Tenochtitlan genannt – über einem See errichtet wurde. Der bewegliche Boden habe sich unter der schweren Kathedrale gesenkt. Und mit leiserer Stimme erzählte der Lehrer eine Variante dieser Erklärung: Die der Pyramide des *Templo Mayor* gestohlenen Steine trügen in sich die Erinnerung an ähnliche Effekte, der Tempel sei vor der Kathedrale über dem See gebaut worden und die Bauarbeiter hätten durch Wiederverwendung der Steine einen Fluch auf sich gezogen. Die Steine hätten eine Spur ihrer Geschichte bewahrt.

Frida gefällt die Vorstellung, dass Steine ein Gedächtnis haben.

Die *Prepa* öffnete sich im Zuge der von Vasconcelos beschlossenen Reformen seit Kurzem auch für Mädchen. Zum ersten Mal nahm sie eine kleine Schar von Rockträgerinnen auf. Dreißig Mädchen mischten sich, als sei nichts dabei, mutig unter die zweitausend Jungen, was für einige Aufregung sorgte. So wie ein Tropfen Weiß genügt, um eine Farbe für immer zu verändern, wird alles anders, wenn ein paar Mädchen in eine Jungenschule kommen. Frida war eine Pionierin. Ihr Vater hatte sie von klein auf in Anatomie und Biologie unterrichtet, sie interessierte sich sehr dafür und wollte Ärztin werden.

Die *Prepa* war weit von ihrem Zuhause entfernt, jeden Morgen fuhr sie allein mit der Straßenbahn in die Stadt und ließ Coyoacán, eine Vorstadt von Mexiko, hinter sich, *Coyo*, ihr *allmächtiges Dorf* und seine ausgedehnten Weideflächen, seine *pulquería* – in der die Männer ihren *pulque* tranken, bis sie Kampflieder schmetterten –, seine Indios, seine Blumen, seine Schotterstraßen, die *vivero*-Bäume, die flaschengrünen Kakteen, die stolzen *nopales*, seine Häuser und Hütten, seine Messen, mit Gold und Dornen geschmückt, und seine Gassen, durch die sie unzählige Male gerannt war, ihre Tanten und ihre fünf Schwestern.

Und *seinen sternenklaren Nachthimmel.*

Frida ließ ihr Elternhaus hinter sich, dessen geheimste Winkel sie kannte, wie man seine Wiege oder seinen Käfig kennt.

Sie ließ ihren Vater Guillermo Kahlo hinter sich, einen wortkargen Fotografen. Und ihre Mutter Matilde Calderón, eine scheue Betschwester.

Am Anfang war Frida, extravagant wie sie war, darauf aus, in der *Prepa* Feuer zu legen, andere aufs Glatteis zu führen und die Geduld ihrer verklemmten Lehrer zu strapazieren, wie man zu Ostern Judaspuppen mit Böllern sprengt und verbrennt. Mit fünfzehn kribbelte es ihr in den Fingern, ihr schwirrten rebellische Ideen durch den Kopf, unter den Lidern Bilder künftiger Ekstasen. Was würde sie mit ihrem aufreizenden Körper anfangen? Den Brüsten, die sich ohne Vorwarnung nach vorn wagten, ihren Hüften, die sich zu wölben begannen, ihrer Taille, die anfing, sich zu formen, ihren Füßen, die nur noch davonlaufen wollten?

Der unsterbliche Körper einer jungen Sonne.

Sie hatte beschlossen, dass man an jeder Ecke auf sie wartete und nichts im Leben ernst und zu schwer zu nehmen sei. Verflucht, es brachen alle Dämme, inbrünstig stieß sie die derben Ausdrücke aus, die sie bei den Gassenjungen und Saufbolden aufgeschnappt hatte, die die nächste Runde bestellten, um auf die Gesundheit ihrer Toten zu trinken.

Mit oder ohne Erlaubnis aller Päpste hatte sie sich ein Einwegticket Richtung *vida* besorgt. Mexiko gehörte ihr. Damals malte sie nicht, sie hatte noch nicht mal daran gedacht.

Das war vor dem Unfall.

Frida kehrte nicht in die *Prepa* zurück, als sie ihr Korsett abgelegt hatte. Wie kann man Ärztin werden wollen, wenn man in einem Krankenbett verschimmelt?

Frida ist einundzwanzig, sie ist schön und schief wie die Kathedrale am Zócalo und hat humpelnd das Bildungsministerium erreicht. Sie durchquert eine Reihe von begrünten, viereckigen Innenhöfen, hinkt kunstvoll verzierte Arkaden entlang, folgt dem Lärm der Arbeiter und Handwerker, dem Geruch von frischem Gips und Farbessenzen und findet, was sie gesucht hat.

»*Señor* Rivera!«

Der Mann war ganz in seine Arbeit vertieft und hörte sie nicht. Oben auf einem Gerüst malte er sorgfältig das blaue Gewand eines Skeletts auf einem Totenfest. Königsblau. Die Werkstatt war beeindruckend, der Künstler hatte bereits über tausend Quadratmeter Wand bemalt. Umwerfend. Der berühmteste Mann ihrer Zeit, der *Lenin von Mexiko*, war endlich in Rufweite.

Sie schrie lauter:

»Genosse Rivera!«

Der Meister oben in zwei Meter Höhe auf seinem Gerüst hat sich beim Ruf seines Namens endlich umgedreht und beugt sich herab.

Schon lange hatte sie auf diese Begegnung gewartet und fürchtete sich nicht vor ihm.

Ultramarinblau

Warmes Blau,
fast ins Violette übergehend

Wirbelsäule an drei Stellen gebrochen.

Schlüsselbeinfraktur.

Dritte und vierte Rippe gebrochen.

Rechtes Bein an elf Stellen gebrochen.

Rechter Fuß zerquetscht.

Linke Schulter verrenkt.

Beckenbruch an drei Stellen.

Unterleib bis zur Vagina durchbohrt – die Eisenstange.

Nicht schlecht, oder?

Als sie im Krankenhaus aufwachte, war ihr erster Reflex, sich umzusehen. Im Kopf ein Tunnel von Grau, keine Zeitvorstellung, wirre Anhaltspunkte, löchrige, mottenzerfressene Erinnerungen. Ein fremdes Bett, unbekannte Leintücher, niedrige Zimmerdecke, noch andere Betten, keine Tür, kein Himmel. Sich umzusehen bedeutete, sich wie durch einen Schlag ins Gesicht bewusst zu werden, dass ihr Blickfeld eingeschränkt war. Sie versuchte, etwas zu entdecken, was sie früher gekannt hatte, vor dem Unfall, ihre Arme, ihre Beine, ihre Füße, und als sie feststellte, dass nichts mehr war wie früher, wurde ihr der Reflex bewusst. Sehen wollen. Etwas Bekanntes entdecken, etwas Vertrautes.

Frida möchte den Morgen zu Hause wiedererleben, die Gerüche von Kaffee mit Zimt und der Rasierseife ihres Vaters, die Eile, um den Bus nicht zu verpassen, sie möchte ihre gepuderte Mutter *sehen,* die von Zimmer zu Zimmer läuft, schon jetzt wie im Rausch getrieben von Dutzend winzigen Aufgaben, schon verärgert, mit erstorbenem Lächeln wegen der vielen Menschen, die sie seit ihrer Geburt am Hals hat, ihre Mutter, die auf den wenigen Fotos aus ihrer Jugend, im Flug aufgefangene Freuden, so schön aussah, wo ist der strenge Ausdruck im Gesicht der Mutter, der sie daran erinnerte, dass alles seine Ordnung haben muss? Sie will ihre Schwester Cristina sehen, ihre lebhafte Lieblingsschwester, die schon frühmorgens munter ist und sich *weiblichen Dingen, las cosas de las mujeres,* widmet, wie vor ihr die anderen Schwestern, aber mit einem immer entwaffnenden Lächeln im Gesicht und den wahnsinnigen grünen Augen, ultramarin, Frida will endlich ihre eigenen Beine sehen, die sie jeden Morgen *rápido* über ihre zerknitterte Bettdecke schwang und die dann auf dem Fußboden landeten.

Sie ist achtzehn. Es gibt keinen Morgen mehr. Von den Medikamenten hat sie Halluzinationen.

Meine Beine, wo sind sie?

Himmelblau

Von Licht flirrendes Blau,
mit Grün kokettierend

Alejandro besucht sie nie. Das ist die schrecklichste aller Qualen. Die Qual des Wartens. Nein, das Schlimmste ist nicht das Warten, sondern die Ahnung, dass dieses Warten immer sinnloser wird. Sie zwingt sich dazu wie zu einer gymnastischen Übung. Damit der Tag gut anfängt. Damit sie die wenige Nahrung, die ihr Körper annimmt, gut verdaut. Um Spannung in ihre Stunden zu bringen, die ein Versprechen enthält. Auch mit reglosem Körper. Auch wenn ihre Tage nichts sind als die Bedürfnisse von Säuglingen: essen, schlafen, essen, kacken und wieder schlafen. Sich nicht bewegen. Um dem Körper die Chance zu geben, sich zu einem lebensfähigen Puzzle zusammenzusetzen. Die Löcher stopfen. Selbsttätig. Die Lecks schließen. Erdrutsche abdichten. Das Knochengerüst wiederaufrichten.

Auf Alejandro hoffen, auf einen Brief von ihm warten, oder darauf, dass die inzwischen angebrochene Nacht vorübergeht, damit sie wieder mit Warten beginnen kann.

Die seelische Wunde schmerzt am meisten. Mehr als die vielen kreischenden Symptome ihres versehrten Körpers. Wenn es überall schmerzt, schmerzt es nirgendwo. Es hebt sich auf. Brennende, dumpfe, tückische, kribbelnde Schmerzen, Schmerzen von Peitschenhieben, Nadel- und Messerstichen vermischen einander und heben sich auf. Ihr Rücken, ihr Hals, ihre Zehen, ein Fuß, ein Bein, ihr Genital. Überall Schmerzen. Alles schreit. Jeder Teil von ihr kämpft darum, im Leid als Erster Anerkennung zu finden, wie eine Schar egozentrischer Kinder nach Kräften schreit, um die Aufmerksamkeit der Mutter auf sich zu lenken. Das Durcheinander bewirkt, dass das kakophone Geschrei zu einem einzigen Sturm wird. Die Röhren kommunizieren. Man neigt dazu, sich einen körperlichen Schmerz zuzufügen, um geistige Qualen zu vertreiben. Durch Trinken zum Beispiel. Bei ihr ist es umgekehrt. Der Körper ist auf dem Höhepunkt dessen, was er ertragen kann, der Geist übernimmt, lenkt ihn ab, und so denkt sie ständig an Alejandro, nur an ihn, sie könnte um ein Streicheln bitten, nur einen Blick, eine Spur von Mitleid, sie möchte in seinen Armen liegen, auf seinem Körper, möchte sein Gehirn sein, Alejandro kommt nicht, kommt nicht mehr, ist fast nie gekommen. Ihr *novio* ist ein abwesender Prinz. Sie ist einsam und allein.

Einen Monat hat sie nach dem Unfall im Krankenhaus verbracht. Dort haben ihre Eltern sie nicht besucht. Auch sie standen unter Schock. Reglos. Sprachlos. Kraftlos. Keine Hilfe für sie.

Nun ist sie wieder zu Hause, aber immer noch im Sarg, an ihr Himmelbett gefesselt, in ihrem Zimmer, das zu einem Gefängnis mit großen Fenstern geworden ist. Einmal am Tag bringt man sie nach draußen, wie ein kleines Tier, das sich austoben muss. Das heißt, man schafft das Bett in die Veranda, stellt es zwischen Kakteen und Bougainvilleen, wo sie einen Ausschnitt des Himmels sehen kann. Von der Veranda aus ist der Himmel nur ein ärgerliches Viereck. Sie muss eine Bettpfanne benutzen und kann das starre Bett nicht verlassen, um herumzuspringen, in der Erde zu buddeln, daran zu riechen. Frida betrachtet das Himmelsviereck. Wie ein großes flatterndes Segel aus blauer Farbe. Das Blau des Himmels, *punto final.*

Sie erhält Besuch. Wie eine Grünpflanze, die man gießt. Die Klatschweiber aus dem Viertel, die viel Zeit haben, erkundigen sich nach *la pobre niña*. Sie kennen Frida von klein auf, es sei ein Wunder, sie wollen zur Jungfrau von Guadalupe beten, um für ihre Gnade zu danken. Sie stellt sich oft schlafend, um sich ihrem oberflächlichen Geplauder zu entziehen, dem nervenden Geräusch klackernder Kastagnetten. Auch ihre Freunde besuchen sie manchmal. Mit Geschenken und Blumen. Die aus der *cachucha*-Bande haben ihr eine Puppe geschenkt. Wie oft haben sie zusammen gelacht, gute Manieren mit Füßen getreten, langweiligen Lehrern böse Streiche gespielt und in den *cantinas* am Zócalo die Welt neu erfunden. Die *cachuchas* heißen so, weil sie eine *cachucha*, eine Kappe, tragen, ihr Markenzeichen: Miguel, den sie Chong Lee nennt, weil er chinesische Gedichte mag, Agustín, Alfonso, Manuel, José, Chucho (der eigentlich Jesús heißt) und Carmen, das einzige andere Mädchen.

Als sie im Rot-Kreuz-Krankenhaus lag, kamen die Freunde noch öfter, es liegt nicht weit von der *Prepa* entfernt. Das war einfacher. Coyoacán ist ein Vorort von Mexiko, am Ende der Welt. Die Besuche werden weniger. Sie wurde an den Rand gedrängt, hört nicht mehr die Geräusche des dort ohne sie immer mehr brodelnden Lebens. Frida kann nicht einmal sitzen. So sieht im Moment ihr Horizont aus, ihr zu eroberndes Ziel: wieder sitzen lernen, den Oberkörper aufrichten, dieses Zimmer nicht mehr nur aus der Horizontalen wahrnehmen. Die Welt liegt flach.

Alejandro ist der Anführer der *cachuchas*. Als sie nach dem Unfall zu sich kam, galt ihr erster Gedanke ihm: Wo war er, war er verletzt? Erst später tauchten die Bilder des durch den Zusammenstoß verursachten Chaos in ihrem Gedächtnis auf, er befindet sich über ihr und nimmt sie in den Arm. Sie hatte in ihrer Benommenheit, ihrem verwirrten Geist alles vergessen. Man beruhigte sie: Es gehe ihm gut, er habe nur ein paar Prellungen, sei schon wieder zu Hause. Wie kann man am selben Ort in einem Bus sein, dicht aneinandergeschmiegt und von der verdammten Straßenbahn so unterschiedlich getroffen werden?, dachte sie manchmal böse. Rad des Schicksals.

Im Krankenhaus kam jeden Tag ihre große Schwester Matita vorbei. Matita kann so witzig sein. Sie riss laut Witze in dem Mehrbettzimmer, drückte Frida tröstend an ihren großen Busen, ihr unebenes Gesicht sah mitgenommen aus, sie trug ihre Hässlichkeit wie einen Blumenstrauß, und ihre Körbe waren bis zum Rand gefüllt mit Zucchinipuffern, die Frida kaum essen konnte, doch sie zu riechen hieß, glückliche Erinnerungen zu schmecken. Die romantische Matita war von zu Hause weggelaufen, einem Liebsten gefolgt und drohte von der Familie verstoßen zu werden. Sie wurde verstoßen.

Beim Roten Kreuz saß sie an Fridas Bett und strickte, erzählte ihr den neuesten Tratsch aus der Stadt, von den Ereignissen auf den Märkten und von Kindern, die während der Messe einschliefen. Sie bewahrte Frida vor dem Abgrund. Auch die anderen Schwestern besuchten sie, allen voran ihre jüngere Schwester Cristina, fast ein Zwilling, die ganze Nächte bei ihr wachte und auf dem Stuhl neben dem Bett schlief.

Doch Matita, Matilde genannt wie die Mutter, hegte und pflegte sie rund um die Uhr, sie, die keine Familie mehr hatte. Man kann nie vorher wissen, wer einem die Hand reicht, wenn alles einstürzt.

Einen Brief zu schreiben ist eine echte Herausforderung. Es tut überall weh, vor allem an der Hand, aber es beschäftigt den Kopf, sie schreibt Alejandro einen flehenden Brief nach dem anderen. Wo ist er, der liebe *novio*? Warum wacht er nicht am Bett seiner Femme fatale, seiner zu Brei gewordenen *novia,* seiner zerstückelten Braut? Frida denkt: Gelb, Gelb, Gelb. Jede Farbe entspricht einem Gefühl. Gelb ist ein schlechtes Zeichen. Sie liest auch ein wenig, meistens Walt Whitman, den sie auswendig kann. *Was ist ein Mann überhaupt? Was ich? Und was bist du?*

Wenn sie zu müde ist, bittet sie Matita, ihr vorzulesen. Ihre Schwester Matita kommt der Bitte nach und sagt, sie verstehe nichts von dem ganzen Kram. »Ich auch nicht«, sagt Frida, »aber manchmal doch, also lies weiter.«

Und Matita liest weiter für ihre kleine, in tausend Stücke gebrochene Schwester.

Ägyptisch Blau

Türkisblau,
hypnotisch und dauerhaft

Frida Kahlo beginnt drei Monate nach dem Unfall wieder zu laufen – niemand hat daran geglaubt. Außer ihr vielleicht. Dies scheint eher ein Wunder zu sein als Wissenschaft. Matilde, die fromme Matriarchin, geht jeden Tag fröhlicher in die Kirche, hält fest ihren Korb mit Opfergaben, blecherne *milagros* in Form von Herzen, Beinen oder Händen. Sie dankt dem Himmel ausgiebig. Frida hat angefangen zu arbeiten, zuerst hat sie ihrem Vater in seinem Fotoatelier geholfen, danach sucht sie sich hier und da kleine Arbeiten. Sie hat Alejandro wiedergesehen, geht aber nicht mehr in die *Prepa*. Mit der Schule ist es vorbei.

Sie träumte davon, Ärztin zu werden. Egal. Sie hatte ja auch geträumt, kerngesund zu sein. Nein, sie hatte es nicht geträumt, sie war wirklich gesund gewesen. Wie grausam ist die Erkenntnis, etwas verloren zu haben, von dessen Glück man nichts wusste. Frida ist nicht mehr dieselbe und kann sich nicht vorstellen, ein Leben wieder aufzunehmen, das einer anderen gehörte, das Leben einer Frida, die nicht zerstört wurde. Im wörtlichen oder übertragenen Sinn, Unfälle haben im Nachhinein immer etwas mit Wegkreuzungen zu tun. Man mischt Karten neu, von deren Besitz man nichts ahnte, man ermisst, was einem geblieben ist, und weiß genau, was einem genommen wurde. Das lustige Leben in der *Prepa*, das ständige Zitiertwerden ins Büro der Schulleitung, wo sie sich wegen ihrer Frechheiten und Streiche zu verantworten hatte, kommen ihr heute unwirklich vor. Sie sind wie eingeschlossen in eine durchsichtige Schachtel mit Kindheitserinnerungen. Und so lächerlich im Vergleich zu ihren jetzigen Heldentaten: aus dem Bett kommen, die Füße auf den Boden setzen und ohne Stütze losgehen. Denn Frida, die bedankt sich nicht beim Himmel, sie verlässt sich allein auf sich selbst. Sie hat ihre Reglosigkeit überwunden, weil sich ihr ganzes Leben auf das einzige Ziel konzentriert hat, auf jede Minute ihres Schmerzes zu hören und ihr Leid zu bändigen.

Doch der Rückfall ist heftig.

Während der Monate ihrer schnellen Auferstehung hat Frida die verzweifelten Signale ihres Körpers zum Schweigen gebracht. Den Rücken, der ihr wehtat, den Fuß, der ihr kaum gehorchte, die dauernde Müdigkeit. Allzu entschlossen, sich nur noch um ihre mäandrierenden Gefühle zu Alejandro und die brennende Lust einer lebendigen jungen Frau zu kümmern, hat sie die beunruhigenden Vorzeichen ihres Körpers beiseitegeschoben. Doch ein Jahr nach dem Unfall muss sie in die gefürchtete Horizontale zurückkehren: chirurgische Eingriffe und Himmelbett. Gipskorsett dazu. Der Körper hat versagt, man hatte die Schäden an der Wirbelsäule nicht richtig eingeschätzt. Alles geht wieder von vorne los.

Vor lauter Wut nimmt sie stark ab. Was soll das heißen, *nicht richtig eingeschätzt*? Die Ärzte, die Freunde, die Eltern und Schwestern, sie hasst sie alle. Weil sie lügen, weil sie laufen können. Frida darf sich *wieder* nicht bewegen, wieder muss sie im Bett liegen, festgenagelt wie Jesus am Kreuz, ihr Oberkörper und ihre Brust sind eingegipst, wie in einen Panzer eingesperrt. Um den Nabel herum hat man ein Loch freigelassen, damit die Haut atmen kann. Ihre Haut soll atmen? Diese Haut ist spröde wie Papier, ihr Körper ist zu traurig, er wird trocken und verkümmert, er ist beleidigt. Sie möchte am liebsten tot sein.

Frida weint so oft, dass zwei Schwellungen unaufhörlich ihr Gesicht schmücken. Zwei kleine Säcke unter ihren Augen, wie ein Lager von Tränen, die jederzeit vor Wut hervorbrechen können. Die Tränen rinnen manchmal leise wie ein stiller Bach, der das Schwarz ihrer Augen trübt. Manchmal rinnen sie mit Geschrei, kehligem Röcheln, dabei kommen Leid und Bitterkeit in philharmonischer Zuspitzung zusammen. Eine ganze Skala. Sie weint in Sopran und Bariton. Traue weder einem lahmen Hund noch einer weinenden Frau, hat ihr Freund Chong Lee einmal aus Spaß zu ihr gesagt. Frida ist beides, lahmer Hund und weinende Frau. Sie ist wieder am Ausgangspunkt, in gerader Lage, Reglosigkeit am Horizont, Totenstille.

Und Alejandro lässt sie im Stich. Eine Art Déjà-vu. Er will nichts mehr von ihr wissen, will seine Braut nicht mehr, will nicht mehr mit Frida um die Welt reisen. Früher hatte sie ihm vorgeschlagen, zu den Gringos in die USA zu fahren, sie beide. Vorher. Vor ihrem gemeinsamen Unfall. Aber ist es überhaupt Alejandros Unfall, wo er nichts gehabt, nicht gelitten hat? Es ist ihr Unfall, sie sollen ihr wenigstens das lassen, ihr Martyrium! Sie wollte nach Indien, China, Ägypten fahren. Ihr Leben lang reisen, mit dem Schiff, dem Flugzeug, dem

Heißluftballon. Was soll's, dann reist sie eben im Bett ihres Baldachinflusses. Sie wird umherschweifen mit ihren kranken Beinen und versehrten Rippen. Alejandro will von ihr nichts mehr wissen, weil sie sich in den paar Monaten, in denen es ihr besser ging, *schlecht benommen* hat. Ja, sie hat andere geküsst, ja, sie hat sich hier und da auf andere eingelassen, hat ab und zu leise ich liebe dich gesagt, na und? Ja, sie war *sehr lebendig.* Na und, Alex? Sie würde gern in seiner Hosentasche leben, tief unten, winzig und im Warmen, in seinen Hemdfalten atmen, ihm zu Diensten sein, für seine Lust da sein, ihn nie verlassen wie eine Zecke, wie eine Fee, ihm gehören, mit ihm eins sein. Sie kann nicht nur Frida sein, sie muss deine Frida sein, deine Fridita. Ist sie jetzt nichts Besonderes mehr, hat sie einen schlechten Ruf, redet man hinter ihrem Rücken, sie sei leicht zu haben, sie sei unwürdig? Sie hat andere geküsst, was ist schon dabei? Sie ist achtzehn, manchmal verteilt man kleine Küsse wie Honigkuchen, das ist ganz natürlich und hat nichts mit Liebe zu tun. So etwas tue man als Mädchen nicht, sonst sei man verloren, erklärt er ihr. Aber sie ist doch nicht *irgendein* Mädchen, sie ist Frida, mit ihrer Brust und ihrem Schnurrbart, dem gleichen wie Emiliano Zapata. Alejandro küsst auch andere Mädchen, das weiß sie. Er tut es nicht mal heimlich. Er erzählt es ihr sogar. Weil sie wunderhübsch sind. Hübscher als Frida, vermutet sie. Mit ihrem rötlich-braunen Teint und den dicken Augenbrauen. Sie ist auf Enttäuschungen vorbereitet, seit sie den Kopf zwischen den Beinen ihrer Mutter hervorgestreckt hat, voller Blut und trüber Flüssigkeit. Immer wieder beschwört sie ihre Liebe, ist sogar bereit, seine anderen Eroberungen gernzuhaben, alles hinzunehmen! Denn ein bisschen wahre Liebe, das bedeutet doch immerhin, dass man geliebt wird. Sie allein zu lassen ist schlimmer als der Tod.

Wenn sie sich schon Dinge an den Kopf werfen müssen, möchte sie betonen, dass sie es ihm nicht übelnimmt, sie im Stich gelassen zu haben, als sie nach dem Unfall gelähmt war und ihn jeden Tag anflehte, sie zu besuchen. Dass er sie aber jetzt zum zweiten Mal verlässt und auch noch eifersüchtig ist, damit schadet er nur sich selbst.

Ihr sperriges Himmelbett aus massivem Holz ist ihr Zuhause und ihr Käfig geworden. Frida hat darum gebeten, es zu schmücken, da hat ihre Mutter um sie herum allerlei Fotos, Schleifen, Bänder und Karten mit Motiven von Wäldern und geöffneten Fenstern aufgehängt, ihre Schwester Cristina zeichnet ihr bizarre Männchen, damit sie lächeln kann, und steckt sie an den Bettpfosten fest. Jeden Tag kommt eine neue Zeichnung hinzu, jetzt kann sie den Kopf nach rechts und nach links drehen und anderes sehen als diese Holzplatte, den Baldachin, der ein wenig einem Sargdeckel gleicht. Sie sieht ihn an, den Deckelhimmel, konzentriert sich, um zu sehen, was jenseits ist, um das Unsichtbare zu erkennen, *um Neues zu entdecken*, den körperlichen Schmerz und ihr gekränktes Herz zu vergessen.

Als sie klein war, hatte Frida ein geheimes Ritual. Sie hauchte die Fensterscheibe ihres Zimmers an, und wenn sie schön beschlagen war, malte sie eine Tür darauf, durch die sie in ihrer Fantasie hindurchtrat und auf die andere Straßenseite gelangte, wo sich ein Milchladen namens *PINZÓN* befand, sie tauchte durch das *Ó* von *PINZÓN* hindurch bis zum Mittelpunkt der Erde, wo eine Freundin auf sie wartete, eine Zauberin. Sie war eine wunderbare Freundin, die beim Tanzen in der Luft schwebte, leichter als ein Kolibri. Frida erzählte ihr von ihren Sorgen. Wenn sie nach Hause musste, kletterte sie wieder durch das *Ó* von *PINZÓN* bis zu der auf die Fensterscheibe gemalten Tür. Dann wischte sie die beschlagene Scheibe schnell ab. Sie war so verzückt, dass sie schnell zu der großen Zeder mit den breiten Ästen lief, im Patio ihres Elternhauses, der *Casa azul,* die damals noch nicht blau gestrichen war, und sie lachte über ihr großes Geheimnis, so berauscht von dem anderen kleinen Mädchen mit dem gleichen Gesicht, das sie für immer vor Einsamkeit bewahren würde.

Sie fühlte sich mit sich selbst befreundet und das verlieh ihr eine höhere Kraft in diesem Haus voller Schwestern, spontaner Wünsche und eingeschränkter Freiheiten. Wie gern würde sie heute auf den Deckel eine Tür malen, durch die sie entschwinden könnte, aber sie ist nicht mehr sechs und weiß nicht mehr, wo ihre imaginäre Zwillingsschwester ist und durch welche geheime Tür sie sie noch erreichen könnte. Sie bittet deshalb ihren Vater, einen Spiegel am oberen Gestänge ihres Himmelbetts anzubringen. Guillermo Kahlo erfüllt ihren Wunsch sofort. Er tut alles, was seine Tochter will, um ihre Verzweiflung zu mildern. Er bedeckt den Baldachin mit einem riesigen Spiegel, sodass Frida ihren reglosen Körper ganz sehen kann, ohne sich bewegen zu müssen.

Frida sieht Frida.

Von Angesicht zu Angesicht.

Zwei Fridas wie zwei Fayence-Hündinnen. Und weil sie den ganzen Tag in den Spiegel schaut, gelangt sie hindurch und findet das verlorene Fenster, das sie früher zu ihrem Double führte.

Sie sagt ihrem Vater, sie brauche Pinsel, Farben, eine Staffelei und eine Leinwand.

Und plötzlich beginnt sie, die Wirklichkeit zu malen.

Schieferblau

Dichtes, bläuliches Grau
mit einem Schuss Purpur

Frida malt für Alejandro, sie malt, um ihre hässlichen Krücken zu vergessen, Frida malt für ihre verlorene Zwillingsschwester hinter dem *Ó* des Milchladens *PINZÓN* gegenüber ihrem Elternhaus, sie malt für ihren Vater, der sich zurückzieht und auf dem Klavier Strauss spielt oder Schopenhauer liest, sie malt für die Kumpel mit den *cachuchas*, die nicht mehr so viel Zeit haben, sie zu besuchen und zu berichten, was für Faxen sie mit der *großen, übermächtigen Übermacht* getrieben haben, Frida malt für ihre Schwester Matita, die ihr Gedichte vorliest, ohne sie zu verstehen, für den ersten Verlobten ihrer Mutter, der sich vor ihren Augen umgebracht hatte, Frida malt, weil ihre Mutter nie davon gesprochen hat, sie malt für ihre Vagina, die von einer Eisenstange durchbohrt wurde, für ihre Schwester Cristina, die sie liebt, auch wenn sie sich dauernd streiten, sie malt für ihr dürres Bein, über das die anderen Kinder sich lustig machten, und für die heftigen Küsse, die sie den hübschen Jungen entrissen hat, Frida malt, weil sie von Alejandro keine Blumen will, sondern es lieber hätte, *dass er sie vergewaltigt,* sie malt, weil sie dachte, die Straßenbahn sei eine Farce, weil sie Ärztin werden wollte, weil sie eines der ersten Mädchen auf der *Preparatoria* war, sie malt, weil sie nicht mehr zur Schule gehen wird, sie malt, weil sie nicht mehr laufen kann, sie malt, weil der Schmerz sie nachts weckt und sie nicht mehr einschlafen kann, Frida malt, weil Alejandro ihr nicht schreibt, ihr keine Bücher mehr schenkt, weil die Einsamkeit ihr vorkommt wie Agavensirup, der an ihrem Körper klebt, sie malt, weil sie in der Kirche den Weihrauchgeruch liebte, weil sie, wenn sie malt, nicht nachdenkt, tanzt wie eine Wilde, ohne sich zu regen, zieht wieder ihre goldenen *bailarina*-Gewänder an, sie malt, weil ihr Rücken sie so schmerzt, dass sie dem gern ein Ende machen möchte, weil es die Geister betäubt, die in ihrem Rücken böse lachen, weil sie dabei das Korsett vergisst, Frida malt für die toten Kinder ihres Viertels, die mit einer Papierkrone beerdigt werden, weil für mehr nicht das Geld reicht, sie malt für ihren Vater, der einmal zu ihr gesagt hat, dass man sehen *lernen* muss, und sie malt, weil es das Einzige ist, was ihr noch bleibt.

Frida malt ihr Selbstporträt in einem tief ausgeschnittenen Samtkleid in der Farbe von europäischem Wein, einen Ausschnitt, in dem man ertrinken kann. Ihr Hals ist unendlich lang, unter dem Stoff zeichnen sich ihre steifen Brustwarzen ab. Dahinter atmet ein schieferblaues, beinahe schwarzes Meer, seine Fluten sind erschreckend. Es verkündet Unheil.

Auf der Rückseite ihres ersten Bildes notiert sie: *Frieda Kahlo im Alter von siebzehn Jahren, September 1926. Coyoacán.*

Weiter unten fügt sie auf Deutsch, der Sprache ihres Vaters, hinzu: *Heute ist immer noch.*

Frida ist nicht siebzehn, sie ist neunzehn. Na und? Sie löscht den Unfall aus, sie verdreht die Wirklichkeit, sie darf es. Sie hat noch nie verstanden, warum man sich seinen Namen und sein Geburtsdatum nicht selbst aussuchen sollte.

Sie schreibt Alejandro, dass dieses Bild für ihn ist, dass er es in Mannshöhe aufhängen soll, direkt vor sich, die Augen auf der Linie ihres Horizonts, damit er nie vergisst, seine Frida zu sehen.

Frida malt aus keinem der oben genannten Gründe, denn sie malt ohne Grund, ohne Entschluss, ohne Ehrgeiz, sie weiß nicht, warum sie malt, und stellt sich diese Frage nicht. Es bringt ihr Erleichterung. Sie malt, weil sie ans Bett gefesselt ist, weil sie schon immer gern einen Stift in der Hand gehalten hat, weil sie die netten Jungen nicht mehr küssen kann, weil Alejandro seine *novia* verlassen hat, weil sie nicht sofort sterben muss, sondern erst etwas später. Und wenn schon.

Heute ist immer noch.

Kobaltblau

Brennende Nuance von Dunkellila

»Genosse Rivera!«, brüllt Frida, eine Hand als Schalltrichter am Mund, an jenem Morgen im Bildungsministerium.

Der Meister steht auf einem drei Meter hohen Gerüst, er dreht sich um, als man seinen Namen ruft, und beugt sich hinunter. Da steht ein Mädchen in stoischer Ruhe und sieht ihn an, mit wildem Blick, das schwarze Haar nach hinten gekämmt, eigentlich kein Mädchen, ein schöner runder Busen, kaum verborgen hinter den Paketen, die sie unterm Arm trägt.

»Was gibt's? Ich arbeite.«

»Ich möchte Ihnen was zeigen.«

»Keine Zeit, *niña.*«

»Komm runter, Rivera, *rápido.*«

Die Dreistigkeit, die das Geschöpf an den Tag legt, amüsiert ihn, er lässt es sich nicht anmerken, er malt schon seit acht Stunden, hat die ganze Nacht gemalt, kann sich ruhig eine Pause gönnen, und eine Pause in weiblicher Begleitung schlägt man niemals aus. Er steigt von seinem Olymp zu dem Mädchen herab. Dann steht er vor ihr, welch komischer Kontrast zwischen dem Monstrum von einem Meter neunzig und dem eigensinnigen Kolibri. Er sagt ihr, sie soll seine Zeit nicht vergeuden.

Sie hat zwei Bilder mitgebracht und will seine *professionelle* Meinung dazu hören, und auch sie, so sagt sie ihm, habe keine Zeit zu verlieren.

Frida wartet, ohne mit der Wimper zu zucken, auf die Reaktion des berühmtesten Mannes Mexikos.

»Stell sie an die Wand dort ins Licht und geh zur Seite.«

Diego wischt sich die Hände an seinem Hemd ab und zündet sich einen kleinen Zigarillo mit einer saphirblauen Binde an, der nach Safran riecht. Er betrachtet die Bilder lange, dann wendet er sich ihr zu, öffnet den Mund, um zu sprechen, besinnt sich und versinkt aufs Neue in die Betrachtung der Bilder. Dann bricht er das Schweigen und fragt sie, wo sie wohnt.

»In Coyoacán.«

»Ich komme am Sonntag«, sagt er, »mal bis dahin noch eins.«

»Ich will jetzt Ihre Meinung.«

»Wenn ich am Sonntag nach Coyoacán komme, ist das eine Meinung. Habe ich dich nicht schon mal gesehen? Dein Gesicht sagt mir etwas. Die Stimme, die frechen Augenbrauen, ich glaube, so was vergisst man nicht.«

»Nein.«

Sie schreibt ihre Adresse auf eine Streichholzschachtel, die sie ihm zuwirft.

Sie ist schon weg, sie entfernt sich, anmutig, sehr würdig, humpelnd, als der Meister ihr hinterherbrüllt: Wie heißt du?«

Aber sie dreht sich nicht um, und alles an diesem Weggang ist schön.

II
VEREINIGTE STAATEN, 1930-1932

Rot

Purpur: aztekischer, alter Tlapali. Feigenkaktusblut, der Lebendigste und Älteste. Rot: Blut? Nun, wer weiß!

Frida Kahlo, *Gemaltes Tagebuch*

Adrianopelrot

Ruhiger Rotton,
himmelrosa angehaucht

Sie sitzen alle seit zwei Stunden bei Tisch und fressen sich voll, ein Gericht nach dem anderen wird aufgetragen, Austern, blutige Steaks, gefüllte Brote, fettige *potatoes*, Frida ist übel, ihr kommt gleich die Magensäure hoch, also trinkt sie, und Diego kommt aus sich heraus, voll naiver Freude im Zentrum einer Welt, die ihm ständig Opfergaben bringt. Beim Essen der Gringos passt nichts zusammen, keine Harmonie, keine Kohärenz, die Speisen sind zu stark gewürzt, die Aromen heben einander auf, eine geschmacklose Brühe, aber Frida hatte noch nie einen guten Geruchssinn. Sie entnimmt Gerüche den Farben und Materialien, verbildert sie. Der Wein aus der Gegend ist gut, ist aber blass im Vergleich zum frischen Geschmack eines Tequila. »Lustig, was es in den USA trotz Prohibition so alles zu trinken gibt«, raunt sie Diego ins Ohr. Ein eigenartiges Gefühl, im Kreis der *Happy few* zu verkehren, wenn man weiß, dass das Land seit dem Börsenkrach im Jahr zuvor von einer schweren Wirtschaftskrise verwüstet wird.

Etwa zwanzig Leute nehmen an dem Festmahl teil, Diego und Frida sind die einzigen Mexikaner. Diego kommt besser mit der englischen Sprache zurecht und redet wie ein Wasserfall, unterhält sein Publikum, während er dicke Happen herunterschlingt, er erzählt Geschichten aus Paris, Moskau, Italien und Spanien, von dem unübertrefflichen Goya, von politischen Intrigen in seinem Land und ihren Hintergründen, den Pyramiden von Teotihuacán bei Sonnenaufgang, der unbeschreiblichen Schönheit seines Mexiko, dieses *reichen und strengen, elenden und üppigen Landes*, seinen Erinnerungen an Feste in Montparnasse mit dem französischen Dichter Apollinaire. Die Hälfte ist frei erfunden, das macht er immer so, der Rest ist exquisit, das macht seinen Charme aus, denn alles klingt aus seinem unerschöpflichen Mund wahrer als die Wirklichkeit. Einem Tischgenossen am Ende der Tafel ruft er zu: »Ich glaube nicht an Gott, ich glaube an Picasso! Und ihr werdet sehen, die Werke der Muralisten werden die Fresken in den Kirchen ablösen!« Er erzählt, er habe mit drei Jahren bei einer Indiofrau seine Jungfräulichkeit verloren, habe an der Seite von Zapata gekämpft und schätze es sehr, nach der Liebe das rosa Fleisch der Frauenhintern zu braten und zu essen. »Schmeckt so ähnlich wie Schwein!«, ruft er schelmisch zu den berauschten Blicken und verdutzten Mienen seiner Zuhörer. Er gebe ihnen gern das Rezept!

Wie kann dieser Mann über fünfzehn Stunden am Stück arbeiten, dabei nur Milch trinken und nichts essen, denkt Frida, und, sobald er die Pinsel aus der Hand legt, dieses Kostüm eines messianischen Monsters anlegen? Und wie kann man den gierigen Bauch des Meisters sättigen? Ihr gefräßiges Kind. Die Amerikanerinnen mit ihren gepflegten Fingernägeln und dem gewellten Haar sind von ihm magnetisch angezogen, die Männer ebenso. Diego ist eine Attraktion.

Seit zwei Monaten leben sie in San Francisco, führen ein mondänes Leben, das ihnen den Atem raubt wie eine zu enge Perlenkette, sie werden überall eingeladen, sind heiß begehrt, die neueste modische Sensation, ihr Mann fasziniert mehr als ein *movie star*, er ist ein Exot. Frida ist vielleicht sein wichtigstes Accessoire: eine Ehefrau in auffälligen Farben, die sich mit den bunten Röcken einer Indianerin aus Tehuantepec präsentiert, in *rebozo*-Schals und bestickten *huipiles.* Tagsüber gehen sie zusammen spazieren, streifen unermüdlich durch die Stadt, bleiben nie unbemerkt, die kleine Puppe und der Koloss mit dem Gesicht einer Riesenkröte, begleitet von neuen Freunden, die sich um sie scharen. Diego hat mit dem Auftrag, der sie hierhergeführt hat, noch nicht begonnen, einer Allegorie Kaliforniens für die Wände des Börsengebäudes. Er möchte sich erst in diese neue Welt hineinfinden, bevor er sie bildlich darstellt.

»Ich kann es kaum erwarten, mir hier eine Mauer vorzunehmen«, sagt er.

Er bewundert die Brücken mit ihren ultramodernen Unterbauten, die Schnellstraßen, die Fabriken in den Vororten, die Arbeiter in ihren Blaumännern, die er sich als glücklich und brüderlich vereinte Werktätige vorstellt, und die Footballspiele: »Genauso mächtig wie der Stierkampf.« Am meisten faszinieren ihn mechanische Konstruktionen. »Die Ingenieure sind die wahren Künstler«, erklärt er Frida. Das Paar ist auch oft mit dem Automobil unterwegs und lässt sich chauffieren, weil sie beide nicht fahren können. Sie verlassen die belebten Straßen, tuckern über das weite Land und bestaunen die Orangenhaine und Armeen von Mammutbäumen. Diego genießt es, ist restlos begeistert. Frida hat den größten mexikanischen Maler nie so vergnügt erlebt wie außerhalb Mexikos.

Frida liebt die Atmosphäre am Hafen, die Insel mit dem Namen eines spanischen Vogels, Alcatraz, die sich am Horizont abzeichnenden Hügel. Im Gegensatz zu Diego, der in allem ein Postkartenidyll erkennt, nimmt sie überall die Armut wahr, erschöpfte, verlauste Bettler am Fuß der strahlend schönen Gebäude. Seit 1929 ist die Arbeitslosigkeit explodiert, sie hat von den großen Protestmärschen gehört, in denen die Leute umsonst schrien, dass das Volk vor Hunger stirbt.

In der Nacht vor dem Tag, an dem Diego ihr eröffnete, dass er eine Einladung erhalten hat, in den Vereinigten Staaten zu arbeiten, bei den großen Kapitalisten mit Glatze, Hosenträgern und Zigarre – wie er sie auf seinen Wandfresken abbildet –, hatte Frida einen Albtraum, aus dem sie schweißgebadet aufwachte. Sie verabschiedete sich von ihrer Familie, weil sie in die *Stadt der Welt* aufbrechen musste, wie sie in ihrem Albtraum hieß. Sie hatte die finstere Ahnung, dass es eine Reise ohne Wiederkehr war.

Am Morgen nach dem Traum verkündete Diego ihr aufgeregt, dass er einen Auftrag von den Gringos habe. »Frida, damit fängt die Zukunft an! Wir sind ein einziges Land! Amerika!«, sagt er begeistert. Dieser Auftrag ist ein Wink des Himmels. Seit der rigide Calles an die Macht gekommen war, hatten die Muralisten die staatliche Unterstützung verloren. Nach dem Rücktritt von Vasconcelos wurden die Verträge mit den Malern massenweise gekündigt. Eine wahre Hexenjagd wütete in Mexiko, Kommunisten wurden verhaftet, manchmal geschah noch Schlimmeres.

Frida weiß, dass diese Reise in die USA ihnen Zuflucht bietet und das lebhafte amerikanische Künstlermilieu eine goldene Gelegenheit für Diego ist, doch ihr ahnungsvoller Traum versetzt sie in eine vage melancholische Stimmung, und sie teilt die unbändige Freude ihres Mannes nicht.

Vor ihrer Abreise malt sie ein Selbstporträt, das sie unterwegs Diego schenken will. Im Hintergrund ist die *Stadt der Welt* zu sehen, die sie im Traum gesehen hat.

»Du bist eine Zauberkünstlerin, Fisita, ich wusste es«, sagt er, als sie ihr Ziel erreichen.

Die Stadt auf ihrem Bild war dem wirklichen San Francisco, das sie nie zuvor gesehen hatte, in dem Land, das sie zum ersten Mal besuchte, erschreckend ähnlich.

Sie hatte San Francisco erschaffen.

Riveras rechte Tischnachbarin verrenkt sich bald den Nacken, so sehr reckt sie ihren Schwanenhals Richtung *el maestro*, um seine Worte aufzunehmen und den Nervenkitzel zu genießen. Die auf der linken Seite steht ihr in nichts nach. Diego sieht Frida nicht an, er ist großartig da oben auf seinem Berg, er ist allmächtig und braucht niemanden. All diese Frauen sind Leckereien in seinen Taschen, Bonbons für später, etwas zu lutschen, wenn er etwas Süßes braucht, das ist unerlässlich und oberflächlich. Frida sagt dem Kellner, er soll ihr einen Tequila bringen, sie kann diesen Wein für kleine Mädchen nicht mehr sehen. »Mit richtigen Limetten!«, ruft sie dem Pinguin nach.

Limetten, der Geschmack himmlischer Säure.

Ihr gegenüber sitzt der Fotograf Edward Weston, von dem Tina Modotti ihr oft erzählt hat, er war ihr Mentor und Liebhaber. Frida lernt ihn hier in San Francisco kennen, aber er kennt Mexiko bestens und spricht Spanisch. Die beiden mögen sich vom ersten Moment an, er will sie fotografieren, die Tehuanatracht, die sie seit ihrer Hochzeit mit Diego trägt, fasziniert ihn.

»Tina redet oft von dir, Edward. Sie sagt, du warst ihr Double.«

»Wie Diego und du.«

»Sie hat mir erzählt, dass ihr manchmal eure Kleider getauscht habt und der eine den anderen gespielt hat. Mir würde es schwerfallen, in Riveras Hemd nicht verlorenzugehen.«

»Tina beeindruckte mich sehr. Ich hätte sie den ganzen Tag lang fotografieren können, ohne aufzuhören. Sie lief nackt herum, als wäre ich gar nicht da.«

»Edward, du kennst doch bestimmt ein paar mexikanische Lieder, oder?«, ruft sie plötzlich.

Diego Riveras Gespräche werden durch Geräusche am anderen Ende des Raumes unterbrochen. Ein Gast nach dem anderen wendet den Kopf und sieht Frida auf dem Tisch stehen, die mit rauer und kräftigerer Stimme, als bei ihrer kleinen Statur zu erwarten ist, wilde *canciones* singt. Edward Weston trommelt dazu mit Messer und Gabel. Sie singt Revolutionslieder mit geändertem Text voller Zoten, deren Inhalt die feine US-amerikanische Boheme nicht erahnen kann. Diego, nicht mehr im Mittelpunkt, bricht in schamloses Gelächter aus. Die Gäste sind begeistert, klatschen im Rhythmus mit und fordern Zugaben, seine Hexe Frida verzaubert alle. Sie trinkt ihren Tequila wie ein *hombre* in einem Zug und singt weiter. Die einen strecken hypnotisiert die Gabeln in die Höhe, die anderen steigen auf ihre Stühle und begleiten die teuflische Kneipen-Diva.

Endlich ein Fest.

Endlich erhascht Diego für einen kurzen Moment den Blick seiner dreiundzwanzigjährigen Frau, der ihm auf dämonische Art zu sagen scheint: Dass du ja nie auf die Idee kommst, mich zu vergessen, *mi amor*.

Er vergeht fast vor Verlangen nach ihr.

Karmesinrot

Grelles Rot

Wenn Frida aufwacht, sucht sie zuerst im Bett nach Diego, tastet mit der Hand, bis sie seinen warmen Körper findet, dann atmet sie erleichtert auf, doch manchmal ist das Bett leer, Diego ist ein Morgenmensch, er steht oft schon um sechs Uhr auf und arbeitet dann rastlos an seinem kalifornischen *mural.* In einem zweiten Reflex sucht sie Mexiko, und wenn die Benommenheit des Schlafes weicht, wird ihr bewusst, dass sie weit weg ist, immer noch in Amerika, und nicht weiß, wann sie Coyoacán wiedersieht. Frida hat nichts Eigenes vor, sie folgt Diegos Kalender. Doch sie hat Gewohnheiten von liturgischer Routine angenommen, die ihrem Tag einen Rhythmus geben und ihn gestalten. Morgens schreibt sie Briefe und trinkt dabei zu viel Kaffee, obwohl der der Gringos ziemlich fade schmeckt, sie schwärzt ganze Seiten mit lustigen Geschichten, die sie ihrer Schwester Cristina und ihren mexikanischen Freunden schickt, eine Art Zeitung aus einer anderen Welt. Sie erzählt auch viel von sich, berichtet detailliert von ihren körperlichen Gebrechen, schildert ihre Beschwerden, beschreibt, wie es ihrem Rücken, ihrem Fuß, ihrem Herzen, ihren Zehen geht; ihre Schmerzen und Launen hängen zusammen, sie sind wichtig und banal wie die Wetterverhältnisse, wechselhaft, unvorhersehbar, vertraute Launen, die dem Tag seine Farbe geben.

Danach zieht Frida sich an. *Schmückend mich selbst, um mich selbst zu verschenken dem Ersten, der mich will*, schreibt Walt Whitman. Es dauert lange, ist raffiniert und tröstlich. Aus der Menge der Unterröcke, Schals, Korsagen etwas auswählen: ihre Farbpalette zusammenstellen. Zögern, kombinieren, glätten, bis alles passt. Sie zieht Unterröcke übereinander, auf deren Säumen sie selbst gestickte erotische Motive versteckt hat. Sie streift ihre zweite Haut über. Dazu kommen Schmuck und Fetischobjekte – Gürtel, präkolumbianische Perlenketten, Glasperlen, Ketten aus Guatemala; natürliche Accessoires, mit Bougainvilleen, lila Rosen und wilden Orchideen, dann kämmt sich Frida in einem kostbaren Ritual. Sie kämmt sich, wie sie ein Bild malt – sie flechtet sich Bänder und Wollfäden ins Haar, formt sie zu Kränzen und salbt sie mit Öl, folgt Schritt für Schritt einer fantastischen sakramentalen Feier; zuletzt das Make-up, leicht und genau, um natürlich zu wirken, Lippenstift, Reispuder von Coty, Rouge für die Wangen, schwarzes Kajal für die Augenbrauen, die Nägel rot lackieren, die Hände mit Creme von Pacquin einreiben, die Ringe wechseln (sie schläft immer mit Ringen), goldene neben silbernen, die Ohrringe anstecken, Parfum auf den Nacken, zwischen die Brüste und an die Handgelenke.

Endlich wird sie Frida Rivera – eine lebende Legende.

Als junges Mädchen zog sie sich manchmal an wie ein Junge, Hosen, Stiefel, Anzug mit Weste. Auf den Familienfotos fügte sie noch eine Taschenuhr, einen Stock mit Knauf hinzu und setzte einen stolzen Blick auf. Sie hatte kurze, gelegentlich nach hinten gegelte Haare und duldete keinerlei Schminke. Das störte ihre Mutter, gefiel aber ihrem Vater, der sich unter den sechs Frauen einsam fühlte.

Diego bat sie um ihre Hand, indem er ihr einen Witz erzählte. *Ex abrupto.* Sie kannten sich seit fast einem Jahr. Es war im Frühsommer 1929. Sie kamen von einer Versammlung der PCM, der kommunistischen Partei Mexikos, auf der keiner dem anderen beim Reden zugehört hatte.

Er schlug es ihr vor, einfach so, während sie durch die Nacht gingen, eiligen Schrittes, weil es angefangen hatte zu regnen, feiner Regen, von dem man nicht nass wird, er verwirrt nur die Sinne und lässt dampfend laue Melancholie von der Erde hochsteigen.

»Nichts nimmst du ernst, Diego, außer der Malerei. Und vielleicht dem Kommunismus.«

»Du vergisst die Frauen«, sagt er amüsiert und mit einer Spur Grausamkeit.

»Du warst schon zweimal verheiratet.«

»Genau, ich kenne mich aus. Ich kannte in Paris einen spanischen Maler, Francis Picabia, ein Frauenheld, sie waren alle reizend, vor allem die Tänzerinnen. Doch eigentlich hatte er nur Augen für seine Ehefrau. Sie war keine Schönheit. Aber nur sie machte ihn richtig an. Eines Tages sagte er zu mir: Man heiratet, und wenn man sich langweilt, lässt man sich scheiden. Das ist alles.«

»Warum war dein Freund in Paris so hinter den Frauen her?«

»Man muss sich schließlich ernähren, Fisita.«

»Bin ich eine köstliche Speise?«

»Dein Saft schmeckt feiner als der von Traubenkirschen.«

»Was ändert sich, wenn wir verheiratet sind, Genosse?«

»Zuallererst wird Guillermo Kahlo mich, wenn ich dich abhole, nicht mehr so ansehen, als sei ich die achte ägyptische Plage, die über seinen armen deutschen Kopf hereinbricht.«

»Aber, Diego, du brauchst mich nicht mehr abzuholen, vielleicht ist das das Problem.«

»Kind meiner Augen«, säuselte Diego und beugte seinen mächtigen Körper nach vorn, um Frida Kahlo zu umfangen. Da fielen die Straßenlaternen aus, und das Paar fand sich im Dunkeln wieder.

»Rivera, ich mache dich nicht an. Ich mache das Licht eher aus, wie es scheint.«

Waren in der Calle Violeta, durch die sie gingen, tatsächlich die Straßenlaternen ausgefallen? Oder hatte Frida diesen Coup in ihre Erinnerung eingewoben? Jedenfalls schilderte sie Diegos Heiratsantrag so, wenn sie danach gefragt wurde. Frida hatte gemerkt, dass neugierige Leute solche Fragen stellen, und hatte keine Lust zu sagen, dass die Ehe für Diego ein Spiel wie jedes andere zu sein scheint, bei dem man nur den Daumen zu heben braucht, um sich über die Regeln zu einigen, dass sie glaubt, er wollte ihr eine Freude machen und hätte ihr genauso gut eine Kette oder eine Blume schenken können, dass Diego es einfach hasst, wenn ein Tag ohne etwas Spannung, einen Hauch von Dramatik oder eine *Atmosphäre* zu Ende geht.

Scharlachrot

Kräftiges Rot,
eine zerdrückte Erdbeere

Frida kümmerte sich um die Behördengänge. Ihr war die Ehe gleichgültig, sie hatte sich zur Atheistin erklärt, nachdem sie ihre ganze Kindheit über auf den Kirchenbänken gesessen hatte, sie hatte sich für keinen aufgehoben, sie liebte die Männer, manchmal auch Frauen, war sogar misstrauisch gegenüber der Ehe, Vorgeschmack auf den Tod wie alle Zwänge, die sie an ihr Martyrium erinnerten, das Korsett, das den gemarterten Oberkörper einzwängt.

Jedoch, Stolz oder Einbildung, mit Diego Rivera verheiratet zu sein war ihr nicht gleichgültig.

Ganz im Gegenteil.

Also erledigte sie die Behördengänge.

Man könnte auch sagen, das Leben ist ein Verwaltungsabenteuer.

Keine Brautmesse also, eine rein formelle Einwilligung wurde den Eltern Kahlo entrissen. Matilde verbarg ihre Bestürzung nicht und verspritzte mehr Weihwasser als sonst, aber der größte Maler Mexikos, das machte was her, und schon lange hatte Matilde es aufgegeben, ihre dritte Tochter zu bevormunden. Guillermo war ängstlich und hatte Zweifel, sein kleines Hinkebein war seine Seele, und obwohl er sie, anders als ihre Schwestern, wie einen Jungen erzogen hatte, war sie keiner, nicht ganz, und seit der Vergewaltigung im Bus hätte er diese zerbrochene Perle gern für immer beschützt, er war nicht überzeugt, dass Rivera ihr Schutz bot.

Also kein Sakrament, sondern nur das Rathaus, vor dem Bürgermeister von Coyoacán, keine Gäste notwendig, um beim Jawort zu applaudieren, niemand wurde eingeladen, Frida fragte Leute aus dem Viertel, ob sie Trauzeugen sein wollten: den Friseur, den Doktor und den Richter, das war genau richtig so.

Trotzdem legte Guillermo Kahlo Wert darauf, bei der Zeremonie anwesend zu sein, und als der Bürgermeister die Artikel aus dem Ehecodex verlas, stand er feierlich auf.

Frida hatte das weiße Hochzeitskleid abgelehnt, das Matilde ihr angeboten hatte, unbeholfen, vielleicht als Zeichen des Friedens, als letzte Zärtlichkeit, oder aus Tradition, um so die schreckliche Frida an ihren Mutterschoß und ihre Herkunft zu erinnern. Es war ein europäisches Kleid mit Spitzen und Borten mit hohem Kragen und enggeschnittener Taille, das Matilde vor langer Zeit in der Kirche getragen hatte, als sie Guillermo heiratete; es war in bestem Zustand, mit der Sorgfalt bedacht, die man Graburnen gewährt, mit Liebe, Traurigkeit und Schrecken, sie hatte es vor Motten und Verschleiß mit geheimen Mitteln geschützt, deren Rezept Frauen im Verschwörungston an andere weitergeben.

Frida sagte nichts und ließ das Kleid auf dem Bügel hängen, sie ergriff nur beim Verlassen des Zimmers die Hand ihrer Mutter und drückte sie eine Sekunde, zwei, drei Sekunden, sie sahen sich nicht an.

»Meine Tochter ist ein Teufel, Diego. Sind Sie dem gewachsen?«, fragte Señor Kahlo seinen neuen Schwiegersohn auf der Rathaustreppe.

»Ihr gewachsen sein, unmöglich, Guillermo, aber ich verspreche Ihnen, ich werde nie ihre Hand loslassen, um übers Meer zu fahren.«

Guillermo lauscht den Worten des Bürgermeisters, der seine Tochter verheiratet, und sieht sie von hinten, sie trägt ein nachtmeergrünes Tehuanakleid, das sie sich von dem indianischen Hausmädchen geliehen hatte, noch nie hat er sie so angezogen gesehen. Im Haarknoten trägt sie eine geklaute Blume.

Mutig und für einen schüchternen und reservierten Mann erstaunlich, steht Fridas Vater plötzlich auf und ruft: »Was ist das hier, eine Komödie?« Dann setzt er sich wieder, wie beschämt von diesem Wortschwall, und weiß nicht genau, ob es nur ein humorvoller Ausbruch oder eine böse Eingebung aus dem Jenseits war, wie bei einem Hamlet, der sich fragt, ob man *sein* muss oder *nicht*, wo er doch so gern Shakespeare liest und seine Tochter liebt.

Die Zeremonie geht zu Ende.

Danach dreht sich Frida zu ihm um, baut sich vor ihm auf, zieht die Blume aus ihrem Haar, steckt sie ihm ins Knopfloch und sagt den seltsamen Satz:

»Ich hätte dich gern besser kennengelernt, Guillermo Kahlo.«

Die Würfel sind gefallen.

Glutrot

Blitzendes, heftiges,
gleißendes Rot

Nachdem sie sich mit Hingabe und Raffinesse angezogen hat, wie fast jeden Tag, seit sie in den Vereinigten Staaten sind, trifft Frida Diego zum Mittagessen. Sie bringt ihm etwas mit, denn wenn er malt, vergisst er alles und arbeitet immer weiter. Die Technik der *murales* ist ein Wettlauf gegen die Zeit, die Farbe muss aufgetragen werden, solange der Putz feucht ist. Diego ist ein Purist. Er hat die Rezepturen aus Italien mitgebracht – Malen *a fresco*, ins »Frische«. Er spricht mit fiebernder Begeisterung über die Entdeckung von Giottos Fresken. Eine Schicht Putz braucht etwa zehn Stunden, um zu trocknen, so bleiben sieben oder acht Stunden für die Arbeit übrig, danach ist das Bild sozusagen in Stein gemeißelt, und will man es nachbessern, muss man es zerstören. Außerdem steht nicht fest, wie die mit Wasser verdünnten Pigmente wirken, man muss vorhersehen, was daraus wird, hinzu kommt, dass der Maler bei der Arbeit nicht die ganze Wand im Blick hat, weil er so dicht vor ihr steht. Viele Herausforderungen, die Rivera begeistern.

Wenn Frida an der Arbeitsstelle auftaucht, gönnt sich Diego eine Pause. Sie ist seine Vertraute und weiß von den Hindernissen und kleinen Siegen über die Materie, reicht ihm einen stets mit Deckchen und frischen Blumen geschmückten

Picknickkorb. Gemeinsam reden sie über die Fortschritte des *mural*, über gewagte Details und notwendige Kompromisse, aber auch über die Feste vom Vorabend und die Schar der vielen wunderschönen Frauen, denen sie dort begegnet sind. Diego klagt über die mangelnde Qualität der lokalen Farben. In Mexiko arbeitet er gern mit traditionellen Pigmenten, die die Indios schon vor der spanischen Eroberung benutzt haben. Sie essen wie Liebhaber und lieben sich danach wild hinter einer Plane. Frida redet viel, wenn sie dabei sind, *chíngame, chíngame*, fick mich, mach es mir, schreit sie, aber nicht zu laut, sie flucht – sie kennt jede Menge obszöne Worte –, und sie setzt sich neben ihn, wenn er wieder zu malen beginnt.

Beruhigt.

Sie liest, und manchmal zeichnet sie.

Frida ist lieber allein, wenn sie malt. Sie redet nicht gern darüber. Sie malt nicht morgens mit offenen Haaren, mit nachtschwarzer Indiomähne, sie malt weder in Unterwäsche noch ohne Schmuck, sie malt keine großen Allegorien und nicht nach dem Sex.

Sie malt, wenn sie Zuflucht sucht.

Um nicht allein zu sein.

Seit einer Woche arbeitet sie an einem Bild von Diego und sich am Tag ihrer Hochzeit. Wenn sie zu malen beginnt, entscheidet sie eigentlich nicht vorher über das Motiv. Oft ist sie überrascht von dem, was geschieht, was auf der Leinwand zum Vorschein kommt. Von dem, was nicht stimmt. Sie feilt es nicht weiter aus. Sie erholt sich von sich selbst.

Am Abend ihrer Hochzeit hat Tina beschlossen, dass dies, Herrgott noch mal, gefeiert werden muss. »Diego und Frida haben die Dummheit begangen zu heiraten, alle Flaschen raus, das ist zu komisch!« Sie hat ihr Haus geöffnet und die Freunde und die Freunde der Freunde eingeladen, und alle sind gekommen, mit Speisen und *alegría*.

Sie stellen Tacos hin, Teller mit *panela*, *pico de gallo*, Sangrita und Pulque werden ausgeschenkt. Im Garten trocknet die Wäsche, Frida hat gedacht, dass die Dessous der Modotti das passende Dekor für den Scherz sind, Musiker haben die Höschen erobert.

»So, Diego, der Spaß ist vollzogen.«

»Du bist jetzt meine bessere Hälfte, Fisita. Dein Kleid erzählt eine Geschichte.«

»Es gehört dem Hausmädchen meiner Eltern. Und es ist deine dritte Hochzeit.«

»Nein, es ist dein Kleid für deine Hochzeit mit einem Elefanten und es ist meine erste mit dir. Deine Eltern haben mich so genannt, *el elefante*, das ist großartig!«

»War Tina eigentlich gut im Bett?«

»Wundervoll, ehrlich gesagt. Sehr schmiegsam. Beachtliche Brüste.«

»Wirst du mir nie treu sein, Diego?«

»Nein, niemals, Frida.«

»Und du, fragst du mich das nicht?«

»Nein, Frida, ich frage es dich nicht.«

»Und fragst du mich auch nicht, warum ich dich danach frage?«

»Nein, Frida, das frage ich dich nicht.«

»Kommt es dir nicht komisch vor, dass ich dich solche Sachen frage und du mich nicht?«

»Mir wird schwindelig.«

»Warum hast du mich gefragt, ob ich dich heiraten will, Diego?«

»Weil du besser malst als ich und so laut bellst!«

»Natürlich male ich besser als du, *elefante.*«

Frida hat das Gefühl, in einem Wirrwarr zu schweben, der sie nichts angeht. Jede Gelegenheit, das Ende der Welt zu feiern, ist gut, und wenn zwei heiraten, die so wenig zusammenpassen, strengen die Seelen ihre Fantasie doppelt an. Der reinste Karneval. Frida tanzt, friert ihre Schmerzen mit Alkohol ein, um ihren Körper in Schwung zu bringen und ihm die Illusion zu geben, ganz neu zu sein, sie will tanzen, weil sie geheiratet hat, sie flirtet mit den Männern, Küsse wie Kekse, kitzelt zwischendurch Diego, brüllt Parolen in die Menge, fieberhaft erregt, gebärdet sich wie eine Königin, nimmt das bunte Treiben in sich auf, wie man etwas für später sammelt. In den langen Monaten, in denen sie dalag und darauf wartete, dass ihr Skelett wieder zusammenwächst, hat sie den Lärm so sehr vermisst, jetzt will sie mehr, Gitarrenklänge, Knallkörper, Gekicher und Gesang, die meisten Frauen hier haben schon mit Diego geschlafen, so ist es nun mal, das ist die Poesie ihres Mannes, sogar Lupe ist da, seine letzte Ehefrau, die ihre trüb gewordenen grünen Augen über diese gottlose Feier wandern lässt und dann direkt auf Frida zukommt:

»Meine Damen und Herren, hier ist sie, Frida Kahlo de Rivera, aus Fleisch und Blut, doch vor allem aus Haut und Knochen!«

Frida mag Lupe, die attraktive Guadalupe Marín, bekannt für ihre legendären Wutausbrüche. Sie haben einander gezähmt, Frauen können einen geliebten Mann mit der Behutsamkeit einer sorgenden und müden Mutter an andere weitergeben, *jetzt bist du dran, viel Glück!* Lupe hat ihr erzählt, wie sie bei einem ihrer rasenden Eifersuchtsanfälle Diegos Bilder zerfetzt, seinen Nachruhm ins Feuer geworfen hat oder an einem

Tag des Zorns die präkolumbianischen Figuren, die Diego begeistert sammelte, zu Pulver schlug und in die Suppe mischte, die sie ihrem Mann dann mit diabolischer Freude servierte. Frida lachte Tränen. Sie stellte sich vor, wie Diegos riesiger Mund sich an der Asche seiner Leidenschaft gütlich tat. Gierig.

In der Zeit, in der sie als Schülerin der *Prepa* hinter den Säulen einer Balustrade versteckt zusah, wie Rivera die Wände des Bolívar-Hörsaals bemalte, beobachtete sie, wie Lupe herbeieilte. Sie brachte Diego in einem liebevoll dekorierten Korb sein Mittagessen, die beiden plauderten, wahrscheinlich nur belangloses Zeug, und lachten gemeinsam, wie Verliebte. Frida war zu weit entfernt, um ihr leises Gespräch zu verstehen, aber manchmal kam Lupe und stieß spitze Schreie aus. Frida kauerte sich tiefer in ihren Schlupfwinkel und sah, als sei sie im Kino, Szenen wie aus dem Vaudeville, in denen die Ehefrau mit ihrem treulosen Ehemann abrechnet, der verletzend ist und Geduld und Glauben zerstört, Lupe wie ein Vulkan, die in medusenhafter Wut die Szenerie verwüstet, bereit, wenn notwendig ihre Kinder zu verschlingen, um der Ehre eines letzten aufrichtigen Blicks willen. Frida dachte damals, sie wäre nicht gern an ihrer Stelle, jetzt denkt sie kurz, ohne die Ironie zu beachten, dass auch sie Frau Rivera geworden ist, aber Lupe ist betrunken, traurige Trunkenheit der Albträume.

»Meine Damen und Herren, hier ist Frida Kahlo de Rivera aus Fleisch und Blut, doch vor allem aus Haut und Knochen!«

Frida versucht, freundschaftlich ihren Arm zu berühren.

»Rühr mich nicht an! Sieh dich mal an! Schaut sie euch an, ihr anderen!«

Um die beiden Frauen wird es unruhig, es riecht ein bisschen nach Blut, einem bevorstehenden Totschlag. Lupe lüpft Fridas Rock und sagt schnaufend:

»Seht euch ihre kranken Beine an, verglichen mit meinen, mein Gott, warum bloß?«

Diego erkundigt sich nach dem Streit, lacht darüber, abgefüllt mit Tequila, Lupe ergreift die Flucht, beleidigt, der Abend gerät deshalb nicht aus dem Takt. Frida ist ernüchtert und zunehmend bedrückt, während die Feier immer mehr in Schwung gerät, Pantomimen und Marionetten, düstere Gesichter, Schüsse fallen, *el gran pintor* hat sein Gewehr gezückt, was müssen die großen Machos bloß beweisen, wenn sie ihr Geschlecht oder ihre Pistole hervorholen, wie man eine Zigarette anzündet, sie schießen herum, sie feuern, peng peng, höchste Lust, es kommt zur Schlägerei, Frida wird angestoßen, sie sucht ihren Mann mit den Augen und entdeckt sein heiteres Gesicht, plötzlich, durch einen Impuls aus dem Nirgendwo, stürzt sie sich auf ihn und prügelt auf ihn ein, sie weiß selbst nicht, warum, sie schlägt fest zu, ballt die Fäuste: »Los, Diego! Kämpfe!«, schreit sie. »Komm!« Diego steckt die Schläge ein, was seine Heiterkeit nicht trübt, er ist an weibliche Kapricen gewöhnt wie an unvorhersehbare Launen des Himmels. Frida lässt den Maler los, gibt ihn einer Feier zurück, die sie nichts mehr angeht. Sie zieht sich zurück, rennt die Treppe hinunter, landet auf der Straße, holt Luft, lange und tief, kümmert sich nicht um den krachenden Lärm in ihrem Rücken, das Geschrei, das Lachen, die falsche Freude, entfernt sich, läuft zu schnell für ihre Beine, außer Atem, sie weint nicht. Sie weiß nicht, wo sie hinsoll. Wo ist ihr Zuhause? Sie geht zu ihrem Elternhaus. Sicheres Terrain. Sie muss plötzlich lachen, die Lage ist so absurd. Sie denkt an eins der vielen Votivbilder ihrer Sammlung, auf dem man eine junge Braut einsam und verlassen über eine Straße laufen sieht. Da die Inschrift nicht mehr lesbar ist, hat sie sich immer gefragt, wovor diese Braut sich zu retten versucht. Wovor kann man so fliehen außer vor der eigenen Entscheidung?

Es bedarf lasziver Lust am Tod, damit ein Fest gelingt.

Etruskerrot

Tiefes, natürliches, erhabenes Rot

Frida weiß nicht, wem sie das Bild schenken soll, das sie und Diego in einer artigen, altmodischen Haltung zeigt, wie für einen Glücksbringer gemalt, der die Entzweiung der Herzen verhindern soll. Als Vorlage diente ihr ein Foto von der Hochzeit, auf dem sie ihr grünes Indianerkleid und einen dicken orangeroten *rebozo*-Schal trägt. Diego ist einfach gekleidet, in einem anthrazitfarbenen Anzug mit breitem Gürtel.

Sie betrachtet ihr Bild, wie man bei seinem Kind das Eigene und das Fremde voneinander zu unterscheiden sucht und sich fragt, was von beidem einen mehr erschreckt. Die Frida auf dem Bild wirkt neben ihrem Mann, als sei sie kleiner geworden, sie hat sich ein rundes Puppengesicht gemalt und neigt den Kopf deutlich zu Diego hin, wie um zu unterstreichen, dass sie nun einander gehören, ihre Hand liegt mehr auf der seinen, als dass sie sie drückt, wie eine Libelle scheint sie neben dem massigen Körper zu schwirren, dessen schwere Schuhe übertrieben im Boden verankert sind. Zwei gewöhnliche Ambosse, *die sich in einem stumpfen Winkel nach außen öffnen, als ob sie die ganze Welt bedecken und unerschütterlich auf ihr stehen bleiben wollten.* Diego sieht den Betrachter an, im Dreiviertelprofil, nicht seiner Frau zugewandt, sondern der anderen Seite, bereit, sich einer wichtigeren Sache zu widmen, in der rechten Hand eine neue Palette und frische Pinsel. In seine silberne Gürtelschnalle ist ein großes D eingraviert. Ein Siegel, mit glühendem Eisen geprägt, geschmiedetes Logo, in einem einzigen Buchstaben enthaltene Macht, das D wie das Bild eines dicken, gefräßigen Bauchs scheint sich auch in der Komposition zu finden, eine unsichtbare Spur, welche die beiden Figuren umgibt. Frida hat sich im Inneren dieses D untergebracht, zusammengekauert, in Haltung eines Fötus. Wie bei einem mexikanischen Votivbild, auf dem sich ein Ort, ein Datum und eine Beschreibung des Geschehens finden, fügt sie eine Fahne im Schnabel einer Taube hinzu und schreibt: *Hier sind wir, ich, Frida Kahlo, mit meinem geliebten Ehemann Diego Rivera. Ich habe dieses Bildnis in der schönen Stadt San Francisco in Kalifornien gemalt.* Votivbilder stellen im Allgemeinen einen Unfall, ein tragisches Ereignis dar, für das man um Beistand bittet, oder sind ein Dank für eine empfangene Gnade. Auch der angerufene Heilige wird dargestellt. Wer ist hier der Heilige? Um welchen Unfall handelt es sich? *Aquí nos veis,* ein »Hier sind wir«, das klingt wie Abrahams »Hier bin ich«, Ausdruck seiner bedingungslosen Liebe zu Gott, man kann es aber auch im Sinn der bei Frida so beliebten Inszenierung wörtlich verstehen als »Hier seht ihr uns« auf der Bühne unseres Theaters.

Frida zögert und fügt hinzu: *Für unseren Freund Mr. Albert Bender, im April 1931.* Ihr ist eingefallen, wem sie es schenken kann. Albert ist ihr amerikanischer Mäzen, er hat ihnen geholfen, ein Visum für die USA zu bekommen, die einen lautstarken Kommunisten nicht in ihr heiliges Land lassen wollten.

Es ist ein trauriges Bild, meint Frida, bin ich traurig? Die Wand, die das Paar umgibt, hat keine Perspektive, kein Entkommen, die Puppe Frida hält ihren Schal über der Brust gekreuzt, als wolle sie sich vor innerer Kälte schützen, auch sie fixiert den Betrachter, doch ihr Blick ist vage. Ihre Füße sind so klein wie die eines Neugeborenen.

Der große Maler und seine Ehefrau, dem großen Maler ergeben.

Oft malt Frida zuerst und überlegt dann, was sie sieht. Sie entziffert ihr Bild, bewertet das lebende Tier, das sich in Bildern nach außen kehrt, untersucht den Eiter der Blessuren, das Wundwasser der Seele. Sie malt für sich selbst, um sich ohne Berechnung und Strategie zur Sprache zu bringen, sich *offen auszudrücken.*

Sie möchte zurück nach Mexiko, in ihr Land, dabei hatte sie so sehr davon geträumt, es zu verlassen. Was ist nur mit ihr los? Sie langweilt sich nicht. Vielleicht würde sie sich gerne langweilen, auf der Stelle treten, dem sinnlosen, sich im Kreis drehenden Geschwätz der Freundinnen ihrer Mutter zuhören, mit einer Verkäuferin auf dem Markt über die Farbe von Limonen sprechen, über das Grün, das man in der Malerei unmöglich wiedergeben kann, an dem man erkennt, dass eine Limone richtig reif und bitter ist, sich die Zeit nehmen, unwichtige Gesten gar nicht oder langsam auszuführen. Nein, hier in San Francisco langweilt sie sich nicht, sie ist umtriebig und unternehmungslustig, prägt sich viele verschiedene Gesichter ein, barocke Masken, Eindrücke elektrischer Sonne, beobachtet gern die Kinder auf der Straße, ihre affenähnlichen Gesichter, zum Fressen süß, bewundert die Schaufenster voller Krimskrams, ein schillerndes Eldorado, will alles sofort haben, Kleinigkeiten, Schmuck, Nippes, kauft es ein und verschenkt es. Diego lacht sie gern aus, wenn sie mit Taschen voller Nichtigkeiten, die ihr alles bedeuten, nach Hause kommt. Wenn sie jemand trifft, kann sie nicht anders, als ein Schmuckstück abzunehmen und ihm zu reichen oder ihre Tasche zu leeren, um ein unerwartetes Geschenk zu suchen. Spuren von Liebe. Als wollte sie sagen: »Nehmt ein Stück von mir für später. Um mich nicht zu vergessen.«

Sie hat in San Francisco einen zauberhaften Arzt kennengelernt, der Körper und Seele versteht, er heißt Leo Eloesser. Er ist ein renommierter Chirurg und Orthopäde. Seit ihrem Unfall hat sie Ärzte gesammelt wie Liebhaber. Sie sind eher notwendige Gesprächspartner in einem ständigen Dialog über Methoden, Kinder zur Welt zu bringen: Sie sollen ihr helfen, mit ihrem kranken und schmerzenden Körper ein Kind zu bekommen. Seit sie in den USA ist, ist es mit dem rechten Fuß schlimmer geworden, sie geht nur mühsam. Leo tröstet sie, entschlüsselt sie, wurde nach zweimal Schulterklopfen und drei offenen Blicken ihr Freund. Ein kleiner Mann mit Schnurrbart, sprühend vor Intelligenz, ein munterer Gesprächspartner, er spielt virtuos Bratsche, liebt die Kunst und redet ebenso gern über Politik wie über Sehnen und Rückgratverkrümmungen. Er hat sich des Körpers von Frida angenommen, ein Lehrstück. Manchmal lädt er sie zum Segeln in der Bucht ein, auf seinem Boot, einer Sloop. Seltsames Wort, denkt Frida, *Sloop*.

Leo Eloesser leidet an Schlaflosigkeit und steht seinen Lieblingspatienten Tag und Nacht zur Verfügung, Frida wurde auf Anhieb zu seiner Favoritin.

In San Francisco malt Frida viel.

Vielleicht ist das das Problem.

Sie würde es gern nicht so sehr brauchen. Wenn sie malt, ist sie einsam und in sich zurückgezogen. Betroffen. Sie ist eine Bettlerin.

Diego hat hier die große Auswahl, die Amerikanerinnen sind wunderbar und frivol. Manchmal verschwindet er für zwei Tage mit einer Assistentin, einer neuen Freundin, einer Bekannten. Im Moment schwärmt er für eine Tennisspielerin. Eine Spitzenathletin. Blond. Immer lächelnd. Was für ein Sport ist Tennis überhaupt? Wieder so dekadentes europäisches Zeug? Frida verschließt sich all dem völlig. Ruhig. Doch manchmal brüllt sie los.

»Helen ist nicht blond, Frida, ihr Haar ist hellbraun.«

»Wozu brauchst du all diese Nutten?«

Er sagt, dass sie belle. Das ist praktisch.

»Sind wir alle Hündinnen, Diego? Man legt sich hin, wau, wau, oder bellt, wau, wau. Dieses Bild passt nicht so richtig! Wau, wau, wau!«

»Ich antworte dir jetzt nicht, Frida, das ist ein Hirngespinst, das ich auswendig kenne und du auch.«

»Doch, du antwortest mir jetzt, wieder mit denselben Worten, so lange, bis ich dir sage, dass ich sie nicht mehr hören will.«

»Na los, Frida, antworte an meiner Stelle.«

»Nein, Diego! Du machst es dir zu einfach! Du darfst mir meinen Zorn nicht nehmen, Bastard!«

»Frida, das ist kein Thema. Das ist ein Impuls. Es ist, wie am Morgen aufzustehen und zu pissen. Drei Sekunden vorher gibt es ihn noch nicht, drei Sekunden danach gibt es ihn nicht mehr.«

»Und zwischendrin? Gibt es ihn dann?«

»Ja, es gibt ihn, *mi amor*, wie endlose Rückenschmerzen. Die kommen und gehen.«

Das soll kein Thema sein? Was ist dann ein Thema? Eine Absicht? Vielleicht ein Verlangen. Die Äußerung des Verlangens? Eine Vorführung? Sie stellt sich diese Fragen, wenn sie ihre Bilder betrachtet. Ihre und die von Diego. Es ist ein politischer Akt, würde er sagen. Die Revolution des Volkes in Bildern. Die Respektlosigkeit des Protests und das Erhabene. Der Starke und der Schwache auf einer Stufe, übermenschlich. Nur ein Fenster, meint Frida. Ein Thema ist ein Fenster, das sich in beide Richtungen öffnet. Durchlässig.

Diegos Betrügereien sind kein Thema, er ist ein Elefant im Porzellanladen. Der Elefant, *el elefante*, der in Friditas Terrakottaküche hereinplatzt und mit seinem mächtigen, unkontrollierbaren Rüssel alles Geschirr herunterwirft. Doch Betrug ist im Grunde nicht das richtige Wort. Zum Betrügen gehört auch Täuschung. Die Bemühung, etwas vorzuspielen. Dem anderen wenigstens etwas Dramatik zu gönnen.

Auch Frida schläft mit anderen. Am Anfang noch nicht, jetzt schon. Manchmal. Schnell. Um nicht das Nachsehen zu haben. Um zu sehen, wie es ist. Vor allem mit Frauen. Sie findet ihre Brüste wundervoll, besonders wenn die Brustwarzen eher braun sind als rosa. Diego hat recht, mit Frauen ist es üppiger, das muss sie Diego lassen.

Und Frida mag gern Blondinen.

Krapprot

Flirrendes Rot, hinter dem ein Orangerosa zum Vorschein kommt

Wie zwei Banditen fliehen Frida und Diego aus San Francisco.

Nach dem City Club der Pazifischen Börse, den Diego mit zahlreichen Arbeitern und dem riesigen Porträt einer Frau geschmückt hat, die eine Allegorie Kaliforniens sein soll, in deren Zügen Frida aber deutlich die schöne *tennis woman* Helen erkennt, hat er in der Kunstakademie neue *murales* in Angriff genommen. Noch bevor das Fresko getrocknet war, brach eine hitzige Debatte aus.

Das Bild kam ins Gerede. Wer wurde da verspottet? Diego hatte ein Trompe-l'Œil geschaffen, eine Art Bild im Bild: Er hatte in einem Fresko das Malen eines Freskos dargestellt. Gewiss amüsant. Thema des Freskos auf dem Fresko ist der Bau einer Stadt – wie immer Arbeiter und Techniker, unterirdische Lebensenergie –, und Diego hat sich auf einem Gerüst malend dargestellt. Er zeigt sich dem Betrachter, dem Volk Kaliforniens, mit dem Rücken und gewährt ihm den Anblick seines gewaltigen, fetten, über das Gerüstbrett reichenden Hinterns.

Shocking.

Das Paar packte seine Sachen und machte sich, ohne sich von den Freunden zu verabschieden, auf den Weg nach

Mexiko. Frida war erleichtert, Amerika zu verlassen, das Diego zum verminten Gelände gemacht hatte. Sie bedauerte nur eins, dass sie Leo nicht mehr getroffen hatte. Sie hatte versucht, ihn anzurufen, um sich heimlich mit ihm zu treffen, aber sie verpassten einander. Sie hätte sich gern bei ihrem sprühend intelligenten *doctorcito* bedankt und ihm ein Abschiedsgeschenk überreicht. Sie hatte ein Porträt von ihm gemalt, doch das war nichts im Vergleich zu der Versorgung, mit der er sie umhegt hatte. Sie hatte beim Malen an ihren Vater gedacht, sie fand, dass sie sich ähnlich sahen. Sie fürchtete, dass er ihr böse war, weil sie sich wie eine Diebin davongeschlichen hatte, dass er sie jetzt nicht mehr liebte. Sie liebte ihn wirklich. Was ist der Unterschied zwischen Freundschaft und Liebe? Man muss sagen, ich liebe dich, wenn man noch Zeit dazu hat. Danach vergisst man es, dann geht man, dann stirbt man.

Zitrusrot

Strahlendes, fließendes, blühendes Rot

Frida ist schwanger.

Nicht zum ersten Mal. Ein paar Monate nach ihrer Hochzeit musste sie eine Abtreibung vornehmen lassen. Es war im Januar 1930. Das junge Paar befand sich in Cuernavaca, einer reizvollen Stadt im Süden Mexikos, wo Diego den Auftrag angenommen hatte, im Palast von Cortés, einem vierhundert Jahre alten riesigen Gebäude, in dem sich noch die Phantome der *conquista* herumtrieben, ein Fresko zu malen. Diego freute sich, in seiner Malerei ein neues Stadium erreicht zu haben, und war fasziniert von seinem Auftraggeber, dem köstlichen und ultrakapitalistischen Mister Morrow, seines Zeichens US-amerikanischer Botschafter in Mexiko. Obwohl Diego ihn kürzlich noch als Inkarnation des amerikanischen Imperialismus geziehen hatte, verständigten sich die beiden Herren problemlos über das Projekt eines *mural* zum Ruhm der mexikanischen Revolution, warum auch nicht?

Für Frida war dieser Aufenthalt die glückliche Parenthese eines Zustands größter Verliebtheit. Cuernavaca und sein berühmter *ewiger Frühling.* Nur sie beide und die Malerei, nur sie beide und Diegos Genie. Außerdem empfand sie es als wohltuend, weit weg von Mexiko zu sein, wo Stress und politische Auseinandersetzungen mit Freunden an Diego gezehrt hatten. Diego war aus der kommunistischen Partei ausgeschlossen worden, nach einer grotesken Farce, einer Art Ketzerprozess, der gegen ihn geführt wurde. Sie warfen ihm immer wieder dasselbe vor: das Bemalen öffentlicher Wände im Auftrag einer bourgeoisen Regierung, die Annahme des Direktorpostens an der Kunstakademie. Diego konnte sich noch so sehr rechtfertigen, er bemale die Wände im Namen des *mexicanismo*, des Bewusstseins und Stolzes, Mexikaner zu sein, der Wiederaneignung einer indianischen Kultur. Es nützte nichts. Er beziehe doch seinen Lohn von der Regierung. Er sprach von der gesellschaftlichen Funktion seiner Kunst, er male für das Wohl der Massen, seine Fresken seien revolutionär, doch er überzeugte sie nicht. Sie misstrauten Diego, dem freien Elektron und mächtigen Redner. Die PCM kritisierte auch die progressiven Ansichten, die er in der Kunstakademie vertrat: ein kollektives Lernen, eine Beziehung zum Wissen, die nicht mehr vertikal verlief.

Am Ende schlossen sie ihn aus der PCM aus und drängten ihn zum Rücktritt als Direktor.

Diego störte. Der Riese irritierte.

Doch das Traurigste war wohl, dass ihn die Freunde im Stich ließen. Tina Modotti, die linientreue Genossin, verleumdete Diego öffentlich. Eine widerwärtige Undankbarkeit, denn Diego hatte sie einige Monate zuvor noch gegen alle Widerstände verteidigt, als man sie zu Unrecht beschuldigt hatte, ihren Liebhaber Antonio Mella ermordet zu haben. Diego hatte Tag und Nacht ihre Unschuld beteuert und jedem erklärt, dass hinter der Hinrichtung Mellas Kubaner steckten.

Antonio hatte einen Schuss in seinen prächtigen Kopf bekommen, als er Arm in Arm mit Tina über die Straße ging.

In Cuernavaca begleitete Frida ihren Mann jeden Tag zur Arbeit und kommentierte seine Skizzen, die Auswahl der Geschichten, seine Bildsprache, Farben und Metaphern. Ständig führten sie neugierig und begeistert einen von ihr angeregten Dialog. Rivera wehrte sich nicht gegen ihre Gegenwart, obwohl sie ihm ständig über die Schulter sah und nicht aufhörte zu reden, er liebte Fridas Blick auf seine Palette und bat um mehr, folgte den heftigen Einwürfen seiner jungen Ehefrau: »Diego, wie konntest du es wagen, Zapatas Pferd weiß zu malen!« Diego forderte seine Frau immer wieder heraus, endlich hatte er eine Partnerin auf Augenhöhe gefunden. Er verließ sich ganz auf Frida, sie war seine Richtschnur. Sie fing selbst wieder an zu malen, auch ohne Schmerz. Porträts und Selbstporträts. Gesichter. Sie dachte an ihren Vater, der sein Leben lang Mexiko fotografiert hatte, aber seltsamerweise kaum Gesichter. Er sagte, er mache nicht gern Fotos von Leuten, dies würde bedeuten, Gott herauszufordern, weil man schöner mache, was Er hässlich geschaffen habe. Frida suchte das Schöne im Hässlichen, ganz gleich, ob sie damit irgendwen herausforderte. Hingegen hatte sie von ihrem Vater geerbt, Unschärfe zu misstrauen.

In der Dämmerung saß Frida gern auf der Terrasse von Mister Morrows Haus und betrachtete schweigend und reglos die beiden Vulkane Popocatépetl und Ixtaccíhuatl, bis die schwarze Mantilla der Nacht schützend ihre Umrisse verschlang und sie einschlafen ließ.

Frida war zum ersten Mal schwanger. Doch noch ehe sie überdenken konnte, was sie von dieser Invasion halten sollte, musste sie überstürzt abtreiben, denn der Fötus war nicht überlebensfähig und brachte sie in Gefahr. Nach dem Unfall hatten ihr die Ärzte gesagt, dass sie nie Kinder haben könnte.

Man hatte ihr aber auch gesagt, dass sie nie wieder würde laufen können.

Poker.

Sie trieb ab. Das war alles. Wieder allein in ihrem Körper, starrte sie weiterhin jeden Abend auf die beiden Vulkane im Osten Cuernavacas. Der aztekischen Legende zufolge liebte der Krieger Popocatépetl zärtlich die schöne Prinzessin Ixtaccíhuatl, die für ihn ebenfalls in Liebe erbrannte, doch die Schöne starb vor Kummer, weil sie glaubte, ihr Liebster habe sie verlassen. Dabei war er durch eine grausame List der Eltern weggebracht worden. Als der tapfere Popocatépetl zurückkam und die Leiche seiner Liebsten sah, starb er aus Verzweiflung. Die Götter waren offenbar gerührt und bedeckten die Körper der Liebenden mit einem tröstenden Mantel aus Schnee und verwandelten sie in Berge.

Zwei Vulkane, erstarrt in unmöglicher Liebe.

Von jeher liebt Frida Legenden, ihre naiv gesponnenen Fäden scheinen das düstere Herz des Wirklichen besser zu treffen. Wie die von ihr gemalten Gesichter.

Nach San Francisco waren sie kaum in Coyoacán angekommen, da wurde Diego eingeladen, seine Bilder im neuen Museum of Modern Art in New York auszustellen, wo sie fünf Monate blieben. Dann baute Henry Ford persönlich, der große Manitu des *gran caca capitalismo*, dem *señor* Rivera eine goldene Brücke nach Detroit, um an einer Wand eine anrührende Sage zum Ruhm der dortigen Industrie zu malen. Die Gringos können nicht mehr auf den genialen mexikanischen Kommunisten verzichten. *How funny*. Trotz der Kontroversen, die er auslöst (oder gerade deswegen?), reißen sie sich um ihn.

Das Paar hält sich also seit April in Detroit auf, als Frida bemerkt, dass *F. Luna* nicht zu ihrer Verabredung erschienen ist. Keine Blutung. *F. Luna*, so nennt Frida ihre Regel, weil auch der Mond kommt und geht. Kleine düstere Vorahnung. Sie ist wieder schwanger. Sie ist weit weg von zu Hause. Sie will das Kind nicht, nicht jetzt, nicht hier, glaubt sie jedenfalls. Wird sie davon krank werden? Wird noch mal alles in ihrem Inneren zusammengequetscht? Werden all die kleinen Teile von ihr, die gerade so eben halten, geschrotet? Ist es in ihrem Zustand gefährlich? Sie hatte schon einmal eine Eisenstange in der Vagina. Diego wird keine Zeit haben, sie zu unterstützen, er arbeitet ununterbrochen. Er nimmt einen Auftrag nach dem anderen an, rennt zu Dinnerpartys bei amerikanischen Vampiren und verbringt seine Nächte dort. Hat er Zeit, sie zu beschützen, ihr Bauch und Stirn zu streicheln, wird es ihm lästig werden, ihr Bauch und Stirn zu streicheln? Sie ist sich nicht sicher, dass sie dieses Leben, das ihr gehört, will. Sie möchte, dass sich ein anderer frei dazu äußert. Sie öffnet sich gegenüber Diego.

Und Diego erklärt ihr seelenruhig, dass es außer Frage steht, dass er ein weiteres Kind bekommt. *Punto final.*

Dass er ein weiteres Kind bekommt? Er? Wer hat denn von *ihm* geredet? Und *sie, hijo de puta?!* Und sie beide? War dieses Kind schon da? Wer ist er, um darüber zu entscheiden? Ihr Ehemann, genau, und ist ein Ehemann nicht dazu da, seine Frau zu schwängern! Und sich darüber zu freuen!

»Frida, ich habe schon zwei Kinder mit Lupe. Ich arbeite Tag und Nacht. In Mexiko herrscht das totale Chaos. Künstler und Kommunisten stehen auf der Abschussliste. Wir sind Flüchtlinge in den USA, Fisita! Die mexikanische Regierung gibt keine *murales* mehr in Auftrag, sie lässt sie zerstören!«

»Was hat das denn damit zu tun!?«

»Ich habe so was schon erlebt. Und du, dein Körper schafft das nicht. Du hast so viele Schmerzen, das ist eine Aufgabe für sich. Er ist dafür nicht gemacht, Fisita.«

»Du redest so, als wäre mein Körper ein von mir unabhängiges Objekt. Eine Last. Aber ich bin dieser Körper, er ist, was ich bin. Das wusstest du, als du mich geheiratet hast. Was dachtest du denn?«

»Ich nehme alles von dir, Frida, ich habe alles genommen, und jetzt hör auf mit diesen falschen Anschuldigungen!«

»Rede nicht so, als hättest du mir ein Geschenk gemacht!«

»Ich brauche keine weiteren Kinder! Ich dachte, das sei klar.«

»Ich weiß, dass es ein Junge ist. Ein Dieguito. Und du sagst, dass du ihn nicht haben willst?«

»Ich hatte schon einmal einen Jungen, der Diego hieß.«

»Ich weiß! In Paris. Mit deiner ersten Frau, der Pariserin.«

»Angelina war nicht Französin, sie war Russin. Sie *ist* Russin.«

»Und wo ist Angelina jetzt? Wo hast du sie sitzen lassen? In Paris mit der Leiche eures Sohnes?!«

»Wie kannst du es wagen, so etwas zu sagen?! Du Schlange! Ich weiß, dass du eine Schlange bist, seit ich dich zum ersten Mal gesehen habe. Ich bin nicht überrascht!«

»Du hast Frauen und Kinder in allen Städten der Welt, du bist so stark, du bist so betörend! Warum nicht mit mir?«

»Weil du nicht wie die anderen bist.«

»Hör auf! Von deinen süßen Reden kriegt sogar ein toter Papagei einen Schluckauf!«

»Frida, du machst mich wahnsinnig. Du bist nicht wie die anderen, ja, *mi amor*? Du bist nicht die Mutter meiner Kinder, du bist meine *compañera*, meine Vertraute. Du bist mein Augenstern. Das Kind meiner Seele.«

»Aber du fragst mich gar nicht, ob ich es haben will?! Ich, Diego, ich!«

»Weine nicht, Fridita, meine Kleine.«

»Weißt du, warum ich weine? Ich weine, weil ich in meinem Leben zwei furchtbare Unfälle erlebt habe. Der erste war die Straßenbahn. Der zweite, dass ich dich getroffen habe.«

Mazarinrot

Tiefes, dunkles Lackrot

Diego und Frida sind bei Henry Ford persönlich zum Dinner eingeladen. Weißes Tischtuch, erlesene Weine, Silberbesteck, jede Menge Diener, alte Elstern der Großbourgeoisie. Seit ihrer Ankunft in Detroit hat Henry Fords einziger Sohn Edsel die Riveras unter seine Fittiche genommen. Er hat Rivera vorgeschlagen, hier am Institute of Arts ein Werk zu schaffen. Ein Fresko zum Ruhm der Industrie der Motor City, ein Fresko zum Ruhm Henry Fords. Diego findet das großartig, er spricht davon, die Geschichte der neuen Rasse des Stahlzeitalters zu malen. Man hatte ihm zwei Wandflächen im glasüberdachten Innenhof angeboten, aber er will drei Flächen, nein, vier, er will einen endlos weiten Himmel. Er hat sämtliche Fabriken und Labors der Stadt besichtigt und fertigt siebenundzwanzig Skizzen für sein Werk an. Als das Budget von 10 000 Dollar weit überzogen ist, erhöhte Edsel Ford die Schenkung ohne viel Aufhebens auf 25 000 Dollar.

In diese Industrielandschaft mit den Wolkenkratzern passt Frida mit ihren Kleidern aus Tehuantepec nicht, sie verabscheut die Stadt, sie ist schockiert von der extremen Armut gleich neben den Luxuslimousinen. Sie hat das Gefühl, sich immer im Kreise drehen zu müssen: Sie muss einen ständig aufgekratzten – und überarbeiteten – Mann ertragen, auf

Bälle und mondäne Gesellschaften gehen, auf denen das Paar eine Art clowneske Attraktion ist. Aber Diego ist froh wie ein Kind. In Hochstimmung. Frida lässt sich von seiner Freude anstecken.

Ganz einfach.

Auf dem Weg zu den Fords weist sie Diego darauf hin, dass er einen Kapitalisten-Smoking trägt. »Ja, Frida, aber wir Kommunisten müssen uns wie die Leute der großen Gesellschaft kleiden!«, antwortet er ihr. Für jemand, der verlangt, dass seine Frau sich wie eine Indianerin anzieht, ist das allerhand, denkt sie.

Bei Tisch sitzt sie neben Henry Ford, sie ist ein Gast von Rang.

»Wo wohnen Sie denn hier in Detroit?«, erkundigt sich eine Dame mittleren Alters, die ein funkelndes Diadem im Haar trägt. Offensichtlich möchte sie Frida darüber aufklären, was die *places to be or not to be* sind.

»Wir haben ein kleines Apartment im Wardell-Hotel in der Nähe vom Institute of Arts. Aber wir wären fast schon wieder ausgezogen.«

»Hatten Sie etwa irgendwelche Unannehmlichkeiten?«

»Ja, sie mögen keine Juden.«

Beim Wort Juden (Frida spricht laut) bricht Schweigen aus, das den gleichmäßigen Fluss des üblichen *small talk* zerstört. Ein Engel zieht vorüber, es herrscht betretene Stille. Henry Ford, das weiß jeder, gilt als Antisemit.

In Detroit nennt Frida sich Carmen. Das ist ihr zweiter Vorname. Ihr erster lautet Magdalena, Frida kommt erst an dritter Stelle, aber die Familie hat sie immer so genannt. Frieda, wie es in ihrer Geburtsurkunde steht, ein deutscher Vorname, abgeleitet von Frieden. Ein schönes Wort, aber mit

Ankunft der Nazis auf der politischen Bühne unpassend. In Deutschland finden die Reichstagswahlen statt, und Adolf Hitler ist angesichts von Hindenburg eine ernste Bedrohung. Um sich von ihrer deutschen Herkunft zu distanzieren, hat Frida zuerst das e aus ihrem Vornamen gestrichen, dann hat sie sich Carmen genannt.

Das Schweigen am Tisch ist bedrückend. Keiner der Gäste wagt es, die peinliche Stille zu durchbrechen. Alle hoffen *in petto*, dass Ford nichts gehört hat. Da wendet sich Frida dem alten Mann zu und fragt ihn (immer noch mit lauter Stimme): »Mister Ford, sind Sie Jude?«

Der Gipfel der Peinlichkeit. Das betretene Schweigen steigert sich. Es zieht kein Engel mehr vorüber, alle Cherubim aus dem Paradies setzen sich an den Tisch. Die Gäste starren auf ihre Teller. Der elegante Siebzigjährige schaut die Amazone mit dem fremden Gesicht forschend an und bricht dann in schallendes Gelächter aus, das kaum zu seiner athletischen Figur und seinem steifen Gehabe passt. »Liebe Carmen«, sagt er schließlich, »mir scheint, Sie malen auch. Ich würde mich freuen, Ihre Werke zu sehen.«

»Ja, das kann ich mir vorstellen, ich bin die beste Malerin der Welt.«

»Haha, davon bin ich völlig überzeugt. Wie gefallen Ihnen eigentlich meine Fabriken?«

»Zu Ihren Fabriken kann ich Ihnen eine Geschichte aus meinem Land erzählen. Ein amerikanischer Tourist entdeckt einen mexikanischen Handwerker, er findet, dass er sehr schöne Möbel baut. Er sagt zu ihm: »Ich mag diesen Stuhl, ich möchte ihn kaufen. Können Sie mir noch fünf weitere machen, damit ich sie um meinen Esszimmertisch stellen kann? Ich bezahle auch gut.« – »Tut mir leid, mein Herr, das ist leider unmöglich.« – »Aber wieso?«, wundert sich enttäuscht der amerikanische Tourist.« – »Es wäre furchtbar langweilig für mich, fünfmal das Gleiche zu machen.«

»Amüsant, *indeed*. Aber alle meine Autos haben eine Seele, selbst wenn sie am Fließband hergestellt werden. Fahren Sie Auto, Carmen?«

»Nein, *dear* Henry, ich würde mich auf dem Rücken eines wilden Stiers wohler fühlen als am Steuer eines Wagens.«

»Ich bringe Ihnen das Fahren bei, wenn Sie erlauben.«

»Als ich bei Mister Ford das Autofahren lernte, so könnte ein neuer mexikanischer Witz anfangen. Im Gegenzug kann ich Ihnen, wenn Sie wollen, zeigen, wie man *mole negro* und *pico de gallo* zubereitet, das schmeckt besser als die fade amerikanische Küche! Und Sie sehen mit einer Kochschürze bestimmt reizend aus.«

»Ich finde Sie wunderbar, *darling*. Sie sind köstlich. Ich schenke Ihnen ein Automobil! Edsel, bitte kümmere dich darum, dass Carmen und Diego ein Auto bekommen. Liebe Carmen, nächsten Monat lade ich zu einem Ball, ich hoffe, ich darf als Erster mit Ihnen tanzen. Es wäre mir eine Ehre. Und jetzt erzählen Sie mir noch ein bisschen vom *mole negro*.«

Auf dem Nachhauseweg ahmt Diego die Gespräche vom Abendessen nach und bricht in brüllendes Gelächter aus.

»Du bist genial, Frida! Was du ihm um die Ohren gehauen hast!«

»Man muss nur wissen, mit wem man's zu tun hat, Diego.«

»Michelangelo hat am Tisch der Päpste gut gegessen. Aber er hatte keine Frau, die Kommunistin war! Ford frisst dir jetzt aus der Hand, du hast ihm völlig den Kopf verdreht.«

»Alle um ihn herum sind unterwürfig. Wie alle Machtmenschen findet er ein bisschen Frechheit anregend. Einen kleinen Nervenkitzel kann er sich leisten.«

»Edsel gefallen meine Skizzen, das hat er mir heute Abend gesagt. Das ist unverhofft. Ich will nicht leblose Maschinen malen wie die Europäer. Ich will Leidenschaft, Bewegung und Fortschritt malen!«

»Du solltest die Maschinen als Inkarnation der menschlichen Intelligenz darstellen.«

»Du hast recht.«

Diego schweigt einen Augenblick und bekommt dann den nächsten Lachkrampf. »Wie du ihm erklärt hast, wie man *mole* zubereitet! Der Alte war hingerissen. Das war fantastisch, Fisita, du hast sie alle ausgestochen! Du warst wie ein bunter Schmetterling unter lauter Regenwürmern.«

»Weißt du, wie viele Augen ein Schmetterling hat?«

»Nein.«

»Bis zu zwölftausend. Da hat er viele Perspektiven, Diego.«

Blutrot

Organisches, bläulich schimmerndes Rot

Frida wacht von ungewohnten Schmerzen auf, Krämpfe im Unterleib wie Glasscherben. Sie bemüht sich, ruhig zu atmen und sich zu entspannen, immer wieder zieht sich ihr Bauch ruckartig zusammen, sie bekommt kaum Luft. Sie möchte das Licht anschalten, aber ihr Becken ist ein Ballast von Leiden, sie kann sich nicht bewegen, sie streckt die Hand nach der Lampe aus, doch erneut peitscht sie heftiger Schmerz. Ihre Freundin Lucienne, eine von Diegos Assistentinnen, schläft im Zimmer nebenan, sie haben den Abend gemeinsam verbracht, und Lucienne ist dageblieben, sie wollte Frida nicht allein lassen, nachdem Diego angekündigt hatte, dass er die ganze Nacht arbeiten wolle. Sie muss Lucienne rufen. Sie wecken. Sie nimmt alle Kraft zusammen, bringt aber nur ein leises Stöhnen hervor, ein ersticktes, kaum hörbares Klagen. Sie denkt an die seit dem Unfall immer wiederkehrenden Träume, in denen sie in Todesgefahr ist, um Hilfe rufen will, aber stumm bleibt, wenn sie es versucht, sie bildet die Wörter, aber sie bleiben in der Kehle stecken. Sie konzentriert sich, um den rettenden Schrei auszustoßen, die Angst weicht einem Gefühl der Ohnmacht. Lucienne rufen. Sie sammelt sich, holt tief Luft, dabei überkommt sie eine Welle der Übelkeit, im Mund der Geschmack von schmutzigem Trottoir, sie schwitzt, ein neuer heftiger Schmerz. Sie tastet ihre Beine ab, die sich klebrig anfühlen, alles unten ist ganz fremd, sie ist zweigeteilt. Sie glaubt zu sterben. Allein in Detroit, weit weg von Mexiko, das ist kein guter Ort zum Sterben, ohne Diego. Sie kennt den Tod, sie redet oft mit diesem Hurenbock, dem Gevatter Kahlkopf. Gläubige, die zu Atheisten geworden sind, haben ein offenes Verhältnis zum Tod, als hätten sie schon beim Reden so manches Glas mit ihm getrunken. Aber sie kann nicht in Detroit sterben. Sie kann nicht mit ihrem Baby im Bauch sterben, wer sollte es ernähren? Sie muss zurück nach Coyoacán. Sie muss ihr Baby zu ihren Schwestern bringen, damit sie ihm fröhliche Lieder vorsingen und es im Schatten der Bäume des Innenhofs wiegen. Frida sieht über dem Bett Wolken ziehen, sanfte Glühfäden, die lachen, herumzappeln, als webte eine Spinne sie in ihr Netz ein. Das erstickt den Schmerz, vielleicht könnte sie wieder einschlafen. Frida denkt an ein anderes Baby, gestorben vor langer Zeit, Diegos Bruder. Er spricht fast nie von ihm. Diego María Rivera ist mit einem Zwillingsbruder geboren, Carlos María Rivera. Carlos ist mit anderthalb Jahren gestorben. Diego ist *el grand pintor* geworden. Sie spürt den Schmerz fast nicht mehr, sie ist blass, blutleer, Frida singt ganz leise ein Lied: *An der Himmelspforte gibt es Schuhe zu kaufen, für die Engel, die barfuß laufen. Schlaf, mein Kind, schlaf, mein Kind* … Sie singt für ihr Baby oder für Carlos oder für Diego, sie weiß es nicht mehr, sie geht, taucht in eine zu große Ruhe ein … Da trifft sie ein neuer Peitschenhieb, sie krümmt sich zusammen, holt tief Luft und schreit, lautlos.

Lucienne Bloch wird von einem Schrei geweckt, sie fährt aus tiefem Schlaf hoch, nicht sicher, was sie gerade gehört hat. Das Ächzen eines Menschen? Schlaftrunken steht sie auf, es ist fünf Uhr morgens, und Diego öffnet krachend ihre Zimmertür. »Ruf im Krankenhaus an!«, brüllt er. In der Wohnung ist es dunkel, nichts regt sich, sie nimmt einen metallischen Geruch wahr, und ein kalter Schauer läuft ihr über den Rücken, sie überlegt kurz, geht dann hinüber zum Schlafzimmer, macht das Licht an.

Frida hat die Augen weit aufgerissen wie Rosetten einer Kathedrale. Sie ist voller Blut. Ihr aufgelöstes Haar ist nass, die Augen starr, die Wangen tränenüberströmt. Überall Blut. Als hätte ein wütender Maler tonnenweise rote Farbe ausgeschüttet. Auf ihre Haare, ihre Wangen, es gerinnt, die Decke ist klebrig, organisch, auf dem Bett, auf dem Boden, überall Gewimmel. Ein Ort des Verbrechens. Diego hat sich über sie gebeugt und hält sie wie einen kleinen, kostbaren Gegenstand in den Armen.

»Frida!«

Lucienne betrachtet bestürzt ihre Freundin, die vor sich hin zu murmeln scheint. »Was sagst du, Fridita?«, fragt Diego.

»*Duérmete niño, duérmete niño. Arrú arrú …*«

»Ja, sing nur, meine Liebste, mein Schatz, ich lasse dich nie mehr allein. Ich verspreche es dir, ich verspreche es dir, Fisita …«

Lucienne starrt gebannt auf Fridas gespreizte, blutige Beine, auf denen unbefleckte Hautstellen im Licht wie nasse Kreide glänzen, aus ihrer Vagina rinnt weiter Blut. Nun ist es vorbei, denkt Lucienne, sie wird kein Baby bekommen. Frida war so glücklich, erschöpft und doch selig, sprach von nichts anderem mehr als von ihrem Dieguito, einer Mini-Version ihres Diego, einem Puppen-Diego, den sie anziehen und spazieren fahren würde, den sie waschen würde wie Rivera selbst.

Frida stammelt wirres Zeug. Im Juli ist Detroit ein Backofen, aber ihr ist kalt, als hätte ihr jemand Eis in die Eingeweide geschoben. Lucienne rufen, schlaf, mein Kind, die Wolken, schlafe, Lucienne, zittere, es ist kalt, es schläft süß, Lichter, die Straße, was sind das für Riesen, die über mein Haar laufen, der Mond geht auf, ich habe Schmerzen, Mama, Diego.

Frida wird im Wagen in die Notaufnahme des Henry-Ford-Hospitals gebracht. Lucienne und Diego sehen entsetzt und machtlos zu, wie sie auf einer Trage in den Operationssaal gefahren wird. Das Personal ist angespannt, die Lage ist kritisch. Bevor sie im Operationssaal verschwindet, stützt sie sich suchend auf die Ellbogen: »Diego, Diego, wo bist du? Hast du die Decke gesehen? Schau doch! Ist das schön!«

Diego schaut an die Decke und die Tür schließt sich hinter der Trage, verschlingt Fisita, die Decke ist bunt, nachts war er unterwegs, diese Decke ist voller Farben, Arabesken und Formen vermischen sich wie auf einem Kirchengewölbe, gestern Abend ist er noch ausgegangen, ja, nach der Arbeit, bis Mitternacht ist er ausgegangen, er brauchte Frauen, Fusel und Leichtigkeit, Frida ist manchmal zu intensiv, in ihrer Nähe kann man unmöglich vergessen, dass wir alle sterben müssen und unsere Zeit hier eine Art magischer Gewalt ist, flüchtig, wesentlich und grotesk, Verbot zu vergessen, dass wir alle Nieren und Haut untröstlicher Feuersbrünste sind, das ist zu aufreibend, er ist gestern Abend ausgegangen, manchmal, oft, braucht er das Alleinsein. Doch ein Leben ohne Frida wäre ein *blasser Stern*, ein öder Spaziergang unter dem Schein von ewig leuchtenden Straßenlaternen.

Er sinkt vor Kummer in sich zusammen.

Carmenrot

Tanzendes, rosa schimmerndes Rot

Diego kauert im Krankenhausflur, Frida will ihren Sohn. Sie will ihn in ihre Obhut nehmen und zudecken. Ihren Sohn, den kann man ihr doch nicht wegnehmen?! Die Ärzte erklären Rivera, dass der Fötus in kleinen Klumpen ausgetreten ist, dass es nichts vorzuzeigen gibt und alles im Müll gelandet ist. Diego teilt den Kummer seiner Frau. »Ich will ihn malen, Diego, will sein Gesicht zeichnen. Ich will ihn mir nicht ausdenken, ich will die Wahrheit seiner Augen, seines Mundes, seines Kopfes malen. Das bin ich ihm schuldig! Sonst existiert er nicht. Er kann nicht zurückkommen, kann nicht in unserer Erinnerung leben, ist für immer in der Vorhölle gefangen!« Frida ist erschöpft, was sie nicht daran hindert, wütend zu sein. Sie steht auf, trotz des Protests der Ärzte, läuft davon und irrt durch die Gänge, um Teile ihres entschwundenen Fötus zu finden, bis sie entkräftet zusammenbricht.

Diego hat seine Arbeit unterbrochen, er lässt sie nicht mehr allein, bringt ihr ungeschickt Berge von Blumen, streichelt stundenlang ihre Hand, wenn Frida kampfesmüde vor sich hin dämmert, in Tränen, den Kopf der kahlen Wand zugeneigt.

Am dritten Tag bringt er Frida die gewünschten Pinsel und Farben. Sie möchte auch medizinische Bücher und Eisenplatten haben. Sie möchte darauf malen, wie man es bei Votivbildern macht, Öl auf Metall.

Frida Kahlo malt zuerst ihr mit einem weißen Laken bezogenes Bett ohne Decke. Auf dem Eisengestell steht *Henry Ford Hospital Detroit. Julio de 1932*. Als Verankerung. Das Bett schwebt zwischen einer missmutigen herbstbraunen verwüsteten Erde und einem endlos weiten Himmel des Ertrinkens und stellt ein angeschlagenes Schiff nach einer Katastrophe dar. In der Ferne wie ein Trugbild eine gottlose Industrielandschaft mit Fabriken.

Am Rand des kargen Bettes liegt Frida mit geflügelten Augenbrauen völlig entkleidet, vielleicht kurz bevor sie herausfällt, sie weint, unter ihrem Becken breiten sich frische Blutflecken aus. Ihre Brüste sind voll und ihr Bauch ist noch rund wie der einer schwangeren Frau. Diese Frida scheint ganz klein und verschoben in diesem unheimlichen Bett. Sie hält in der rechten Hand sechs lange rote Fäden, verbunden mit Gegenständen um sie herum, die davonfliegen wie die Fäden von Luftballons, wie man sie an einem vergnüglichen Sonntag im Park von Chapultepec kauft. Am Ende der roten Schnüre (Arterien, Bänder), die zum Boden führen, sind angebunden: eine violette Orchidee, ein Maschinenteil und das Knochengerüst eines Beckens, das an einen traurigen Schmetterling mit steinernen Flügeln erinnert. Und diejenigen, die nach oben schweben, sind verbunden mit: einer fetten Schnecke, dem anatomischen Schnitt eines weiblichen Unterleibs, aufgespießt wie eine Trophäe, und schließlich in der Mitte ein an einer Nabelschnur hängender großer und unversehrter männlicher Fötus.

Ein Schmerzensschrei, ausgedacht für ein Kinderbuch. Eine furchtbare Geschichte, die man anhört und sich dabei unter der Bettdecke verkriecht.

Diese merkwürdige Komposition wirkt anziehend und hypnotisch, fordert dazu auf, jedes Element zu interpretieren. Warum dieser Skeletttteil oder die Schnecke? Warum die Blume und die stehengelassene Mechanik? Jedes Element ist ein intimes Symbol, jedes Symbol eine Tür, die man öffnen kann, wie man aufgeregt die Türchen eines grausigen Kalenders öffnet. Alles ist da: Sex, Körper, Süße und Panik, die Gebärmutter und der Kosmos. In dieser naiven Reglosigkeit schwingen überall die Töne eines schlagenden Herzens mit.

Die Orchidee, der Sex, die geschlossenen Blütenblätter, die Langsamkeit der Schnecke, Weichheit, Fühler, Muschel, Schutz, Geburt, Zuflucht, Bauch, kaputte Maschine, gebrochene Knochen, leeres Becken, Blumengeschenk, Blutung, Schneckenschleim, Turbine, Unterschlupf, Violett, lila Dahlie, Himmel, Blut, Apparat, Atmung, Langsamkeit, Schmerz, lose Teile, Sicherung, Skelett, Maske, Innen, Außen, *nowhere*, Detroit.

Frida Kahlo malt, wie sie nie zuvor gemalt hat.

So malt keiner sonst, denkt Diego Rivera.

Politisches Rot

Leidenschaften

Als Frida endlich Detroit verlässt und nach New York fährt, beginnt sie, sich besser zu fühlen. Meeresküsten trocknen Angst aus. Detroit hatte sich um sie geschlossen wie eine Falle, aber in San Francisco und jetzt in New York gibt ihr der Hafen Sicherheit. In ein Boot springen und wegfahren. Sich davonmachen und frischen Wind schnuppern. Am Meer dreht man der Stadt den Rücken zu, dann verschwindet sie. Es gibt nur noch die endlosen, gleichmäßigen blauen Flächen, die sich ineinander spiegeln, Himmel und Wasser, die einen Ausweg bieten. Wie der Spiegel am Baldachin ihres Bettes zur Zeit ihrer Genesung.

Rockefeller senior hat sie persönlich eingeladen. Er hat sie in einem Palast untergebracht, denn der Industriemagnat hat bei Diego ein Wandgemälde in Auftrag gegeben. Eine Herausforderung, ganz nach Diegos Geschmack. Noch eine. Nelson Rockefeller junior will das RCA Building innen dekorieren lassen, ein Schmuckstück des Art déco von über zweihundertfünfzig Meter Stahlkonstruktion, ein Wolkenkratzer der Skyline von New York, das imposanteste Gebäude des Rockefeller Center, jenes riesigen Komplexes in Midtown Manhattan, einer Stadt in der Stadt. Hundert Quadratmeter sind zu bemalen, in der Eingangshalle, dem neuralgischen Treffpunkt der lebensfrohen New Yorker. Diego hat seine Kathedrale gefunden!

Die Kontroversen, die Diegos Arbeiten in San Francisco ausgelöst haben, haben die Rockefellers nicht abgeschreckt. Auch nicht die Auseinandersetzungen, die es in Detroit gab … Ja, auch Detroit hat Diego nicht verlassen, ohne zuvor eine Polemik auszulösen. Aber erwartet man das nicht von einem großen Künstler? Es hieß, seine Aktdarstellungen seien obszön, könnten zu Unzucht verleiten. Er habe den Geist von Detroit verraten, seine geistige und kulturelle Dimension verschwiegen, sein Werk sei ein verschleiertes kommunistisches Manifest. Kurz, ein schöner Schlamassel in Michigan.

Aber Nelson Rockefeller rollt für Diego den roten Teppich aus. Das Thema für das *mural* im RCA Building hat er selbst festgelegt: »Der Mensch am Scheideweg, hoffnungsvoll und entschlossen in eine bessere Zukunft blickend.« *Sein Programm.* Er hatte überlegt, ob Matisse oder Picasso sein Building dekorieren sollen, sich aber für Diego Rivera entschieden.

Mary und Nelson Rockefeller nehmen die Riveras oft zu Empfängen mit (um sie vorzuführen?) und laden sie zum Abendessen nach Hause ein. Mary Rockefeller interessiert sich für Mexiko, geographisch so nah und doch so weit entfernt vom *American way of life.* Sie, die Kunstliebhaberin, hat abends im Bett ihrem Mann abgerungen, Rivera mit dem Projekt zu betrauen. Die superreiche Amerikanerin ist begeistert von dem mexikanischen Paar, das in den USA gerade zum Mythos wird. Frida erzählt von ihrem Kommunismus – eher dem des kollektiven Rauschs der Mai-Demonstrationen auf dem Zócalo als dem der steifen, farblosen Moskauer Apparatschiks. Sie berichtet von der Revolte in ihrem Land, schwört, sie erinnere sich, als wäre es gestern gewesen, an die mexikanische Revolution, die 1910 gegen die Wiederwahl von Porfirio Díaz ausbrach. Frida teilt mit ihrem Mann den Hang zum Fabulieren – *wenn Legenden schöner sind als die Wahrheit* ... Sie erzählt den Rockefellers, sie habe als kleines Mädchen mit eigenen Augen gesehen, wie Emiliano Zapata 1914 gegen die Truppen von Carranza kämpfte. Ausgehungert und erschöpft seien die Zapatisten 1914 durch die Straßen von Mexiko-Stadt geirrt, und ihre Mutter habe ihr Haus geöffnet, um sie zu versorgen und ihre Wunden zu verbinden. Ja, ja! Damals sei man vor Hunger gestorben. »Es gab nichts anderes als Maisfladen!«, erklärt Frida anschaulich, während die beiden Paare in einem feinen Restaurant des Barbizon-Plaza-Hotels die köstlichsten Speisen genießen. Diego ergänzt, er habe selbst an der Seite Zapatas gekämpft. Frida beschreibt ihre Kindheit inmitten verwundeter Männer, Kampfeslärm und Granateinschlägen. »Nachts schlief ich ein, während die Kugeln pfiffen«, fährt sie fort, und Mary Rockefeller möchte noch mehr hören. Denn das ist noch unterhaltsamer als Kino.

Die Wirklichkeit sieht ein bisschen anders aus. Frida sagt die Unwahrheit über ihr Geburtsdatum und behauptet, sie sei 1910 geboren. Sie findet es schick, ein Kind der Revolution zu sein. Sie erzählt auch nicht, dass die Kapitulation des Diktators Díaz für die Familie Kahlo das Ende von Wohlstand und Sicherheit bedeutete. Ihre Mutter Matilde, die den Guerilleros half, war gewiss nicht erfreut über die Situation, wie Frida gern betont. Vor dem Bürgerkrieg lebte Guillermo Kahlo sehr gut vom Staat, der ihn beauftragt hatte, eine Art fotografisches Inventar der Epoche vor den Spaniern und der Kolonialzeit zu erstellen. Er bot seiner Familie einen großbürgerlichen Lebensstil und das schöne Haus in Coyoacán, das nach einem Entwurf Guillermo Kahlos gebaut worden war. Nach dem Ende des Porfiriats mussten sie eine Hypothek aufnehmen. Zu Beginn des Bürgerkriegs noch ein kleines Mädchen, nahm Frida diesen Abstieg, den ihre Eltern ertragen mussten, nicht wahr. Mit Sprechen und Laufen lernte sie zugleich, sparsam zu sein und etwas für die Gemeinschaft zu tun. Ihr stürmisches Temperament machte sie zu einer *pasionaria* der Sache, und sie heiratete mit Diego auch seine Ideologie. Die junge Malerin liebt die kommunistische Liturgie, so wie sie als Kind den gepeinigten Körper von Christus, das Gold der Heiligen auf den Bildern und den betäubenden Geruch von Weihrauch geliebt hat. Fridas politischer Geschmack hat etwas Religiöses: laute Gesänge, Genossen, die man duzt, Hammer und Sichel am Knopfloch.

Diego, der den amerikanischen Freunden schwungvoll seine zapatistischen Heldensagen erzählt, hütet sich zu sagen, dass er die zehn Jahre des mexikanischen Bürgerkriegs in Europa verbracht hat. 1910 ist er zwar kurz nach Mexiko zurückgekommen, wodurch seine Anekdoten nicht ganz unwahr sind, aber er war vor allem da, um seine kubistischen Bilder aus Paris zu verkaufen, deren beste Kundin Señora Díaz, die Frau des Diktators, war!

Egal, die Gringos wollen fabelhafte Geschichten hören, und die muss man schon ein bisschen ausschmücken, oder?

Genau das will Nelson Rockefeller für seine Wand, eine große, schöne Geschichte, um das Volk von New York zu inspirieren. *Der Mensch am Scheideweg.*

Diego verspricht, dass er nicht enttäuscht sein wird.

Manhattanrot

Schreiendes, herbes Rot

»Wie könnte man diesen Törtchen mehr Farbe geben?«, fragt Frida laut und kramt in den Schubladen nach einer Idee. »Vielleicht sollten wir sie einfach anmalen?«

»Die Törtchen anmalen? Du vergiftest Diego damit, Frida.«

»Verdient hätte er es, und es sähe sehr viel schöner aus. Rot, Blau, Grün. Ich hole Farben und Pinsel.«

»Ich glaube, ich werde nie wieder in meinem Leben Kuchen essen, wir kneten den Teig nun schon seit Stunden, das ist ja ekelig.«

»Lucienne, ich brauche eine Beschäftigung, wo ich hier im Hotel eingesperrt bin, Diego ist nie da. Ich will meine Zeit nicht mit Kriminalromanen verbringen.«

Es ist kurz nach zwei Uhr morgens, Frida und ihre Freundin Lucienne Bloch backen im Brevoort-Hotel an der Fifth Avenue für Diego Törtchen. Der absurde Einfall, Diego Törtchen zu backen, ist ihr spontan gekommen. Davor haben sie *Cadavre exquis* gespielt, eine ihrer Lieblingsbeschäftigungen, bei der Lucienne angesichts der einfallsreichen Pornographie auf Fridas Zeichnungen ins Träumen gerät. Riesige Brüste, erigierte Penisse in allerlei erlesenen Formen, Fridas Darstellungen sind eindeutig. »Es ist nichts unanständig an den Sexorganen, Lucita, nur unser Blick ist es, manchmal.«

Danach wollte Frida die Törtchen backen.

»Jetzt?«, rief Lucienne. »*Really*?«

Frida Kahlo und Lucienne Bloch sind mittlerweile unzertrennlich. Die junge Amerikanerin mit Schweizer Wurzeln ist Frida seit dem Krankenhausaufenthalt wegen ihrer Fehlgeburt nicht mehr von der Seite gewichen. Sie half ihr beim Waschen, Aufstehen, Anziehen und Malen, erleichterte ihren Kummer wie eine Schwester. Lucienne ist den Riveras von Detroit nach New York gefolgt, um dem Muralisten bei der Arbeit im Rockefeller Center zu assistieren. Sie hat kein regelmäßiges Gehalt mehr, seit sie für Diego arbeitet. Aber ihr Engagement für den Künstler geht über das Finanzielle hinaus. Die Sache ist ihr wichtig.

Lucienne wird die erste Begegnung mit dem Paar nie vergessen. Es war bei der Diego-Rivera-Ausstellung im Museum of Modern Art. Sie war zum Dinner zu Ehren des Mexikaners eingeladen worden, denn sie war schon im New Yorker Künstler-Milieu zu Hause – Lucienne sollte demnächst die Leitung des Bereichs Plastik der Frank-Lloyd-Wright-Schule übernehmen. Die Organisatoren waren in Verlegenheit, weil niemand Spanisch konnte, und so setzten sie Lucienne neben Diego, die beide fließend Französisch sprachen. Der Abend verlief reibungslos, Diego bezauberte Lucienne mit seinen fantastischen Geschichten und Theorien über Materie und Mechanik, sie war fasziniert von dem »Künstler, von dem man jenseits des Atlantiks am meisten spricht«, wie die *New York Sun* schrieb. Dann fragte eine kleine, auffallend gekleidete Frau sie, ob sie mit ihr auf der Terrasse des Museums eine Zigarette rauchen wolle. Als sie sich ein Stück entfernt hatten, beugte sich die seltsame Kreatur zu ihr rüber und zischte ihr *I hate you* ins Ohr. Lucienne, die ihren Sexappeal unter ihrem

Bildhauerkittel versteckte und sich sonst anzog wie eine rigide Intellektuelle, war es nicht gewohnt, Eifersuchtsanfälle auszulösen. Sie brach in Lachen aus, konnte gar nicht mehr aufhören zu lachen, bis auch Frida Heiterkeit überkam. Lucienne kannte Rivera kaum, doch sie kannte das Leid der mit einem *womanizer* verheirateten Frauen. Ihre eigene Mutter hatte darunter gelitten und war die Eskapaden des berühmten Dirigenten Ernest Bloch einmal so leid gewesen, dass sie mit ihren Kindern nach Paris flüchtete.

Ihr Vater war nicht nur Musiker, sondern auch Fotograf. Er hatte seiner Tochter beigebracht, dass man immer einen Fotoapparat bei sich tragen muss, und dies verband die Schweizerin und die Mexikanerin. Sie tauschten sich über ihre Väter, ihre Kindheit und über Filme aus. An diesem Abend im MoMA zogen sich Lucienne und Frida diskret von der steifen Dinner-Gesellschaft zurück und gingen in eine Tanzbar in Greenwich, *The Blue Candel*, wo Lucienne Stammgast war. Frida sah ein, dass diese Frau kein Interesse hatte, mit ihrem Mann zu schlafen, sondern nur mit ihm arbeiten wollte. Lucienne erlag dem irren Charme der kleinen, temperamentvollen und fragilen Göttin mit dem wüsten und melancholischen Humor.

»Du hast etwas Aschkenasisches an dir, Frida!«

»Ich glaube, mein Vater ist Jude, Lucienne.«

»Meiner auch, *I believe.* Schlimm, Frau Doktor?«

Damit war alles gesagt.

Mitten in der Nacht sind die beiden Freundinnen noch immer dabei, allerlei Törtchen zu verzieren, die inzwischen überall in der gesamten Wohnung zu finden sind, wie Kunstwerke, die ein betrunkener Galerist in aller Eile aufgestellt hat. Frida verteilt Streusel, Kugeln, Perlen, alles, was ihr in die Finger kommt, und schenkt sich und Lucienne in regelmäßigen Abständen ein randvolles Glas Bourbon ein.

»Frida … warum malst du nicht mehr, seit ihr in New York seid?«

»Ich male doch! Ich male diese hässlichen Törtchen an.«

»Frida, ich meine richtige Bilder.«

»Weißt du eigentlich, wo er steckt?«

»Nein, keine Ahnung.«

»Aber wir wissen, bei *wem* er ist, nicht wahr. Er macht ja aus seinem neuen Flirt mit Louise Nevelson keinen Hehl. Sie hat ihn von Anfang an umgarnt. Weißt du, Lucienne, eigentlich steigt nicht er den Frauen nach, sondern die Frauen ihm. Ist dir das schon mal aufgefallen? Sie reißen sich um Rivera.«

»Das scheint ihn nicht besonders zu stören.«

»Stimmt. Ich möchte so gern zurück nach Mexiko. Mir fehlt meine Mutter.«

Fridas Mutter ist vor knapp einem Jahr gestorben, am 15. September 1932. Frida gießt sich noch einen Whisky ein. Sie trinkt ihn, als holte sie Luft. Um sich zu sammeln. Und sich zu vergessen. Lucienne beobachtet sie aus dem Augenwinkel. Schwer zu sagen, in welcher Stimmung sie gerade ist, helle Freude kann bei ihr von einem Moment zum anderen in Verzweiflung umschlagen und umgekehrt. Man kann nie wissen, ob sie in der Wirklichkeit oder in Träumereien versunken ist, ihre Freundin kann manchmal ganz bodenständig wirken, und in der nächsten Sekunde schwirren ihr die verrücktesten Ideen durch den Kopf. Mit oder ohne Alkohol. Lucienne mag das sehr an ihr, mehr als alles andere. Ihre Neigung, mit einem Fuß in der Welt zu stehen und mit dem zweiten im Anderswo. Immer zu leben wie beim Hüpfekästchen, bei dem man einen Stein wirft, der auf Hölle oder Paradies fällt, und munter hüpft man hinein, das Leben als grausames Spiel, bei dem man naive Regenbögen auf den Boden malt. Frida ist weder schamhaft noch dumm, sie ist sogar erstaunlich schlau und manipuliert andere, doch manchmal spielt sie das Kind, das sich andere Sprachen ausdenkt, um Spuren zu verwischen. Gegenüber den anderen oder sich selbst?

Zwei Monate nach Fridas Fehlgeburt begleitete Lucienne Frida nach Mexiko und ließ Diego in Detroit seine Arbeit allein machen. Frida musste dringend zu ihrer Mutter, die Neuigkeiten aus Coyoacán über ihren Gesundheitszustand waren beunruhigend. Frida hatte sich gerade erst von ihrer Fehlgeburt erholt. Seit sie aus dem Krankenhaus gekommen war, malte sie ununterbrochen, düstere, verstörende, qualvolle und erhabene Bilder. Wegen des schlechten Wetters gab es kein Flugzeug, Frida war am Rande des Nervenzusammenbruchs, also fuhren die beiden mit der Eisenbahn. Sie weinte auf der mehrere Tage dauernden Reise pausenlos. Die beiden Frauen durchquerten Indiana, Missouri und Texas und erreichten schließlich die mexikanische Grenze. Immer wenn der Zug hielt, versuchten sie, in Mexiko anzurufen, um Neuigkeiten zu erfahren, doch es kam keine Verbindung zustande, man sagte ihr, durch das Hochwasser am Río Grande seien die Leitungen zwischen den beiden Ländern beschädigt.

»Das heißt Río Bravo und nicht Río Grande«, schimpfte Frida. Alles brachte sie in Rage.

Bei längeren Halts stiegen sie aus und gingen essen. Sie redeten wenig. Oft warf Frida argwöhnische Blicke nach oben, als wollte sie prüfen, ob da nicht ein Verräterflugzeug zu sehen war, das sich geweigert hatte, sie an Bord zu nehmen. Wenn die Weiterfahrt sich verzögerte, gingen die beiden ins Kino, Befehl von Lucienne, die sich bemühte, die Freundin von ihrem tiefen Kummer abzulenken. Ins Abteil zurückgekehrt, wiederholte Frida in einem fort: »Wenn Mama stirbt, bin ich ganz allein auf der Welt.« Oder: »Lass uns umkehren, ich will zurück zu Diego.« Oder: »Ich bin eine Mutter, die ihr Baby und ihre Mutter verloren hat.«

Lucienne musste an ein Bild denken, an dem Frida arbeitete. So etwas hatte sie nie zuvor gesehen. Ihr lief es kalt den Rücken herunter, als Frida es ihr zeigte. Man sah darauf eine Frau, die auf einem Bett ein Kind zur Welt brachte, die Beine weit gespreizt, aus ihrem Schoß, an dem weder die Schamhaare noch die geschwollenen roten Schamlippen fehlten, kam der Kopf eines schon erwachsenen Babys mit Fridas Gesichtszügen heraus, ihre Brauen mit der einzigartigen Form waren deutlich zu erkennen, aber ihr fehlten die Haare, das Baby wirkte tot, geschlossene Augen, schlaffer Hals. Das weiße Laken war blutbefleckt, der Kopf der Gebärenden völlig mit einem schaurigen leichentuchartigen Stoff zugedeckt. Der einzige Schmuck in dem strengen Raum, in dem nichts überlebte, war das Bild einer Schmerzensmutter über dem Bett.

Schauerlich. Lucienne fragte Frida, wer unter der Decke liege. »Ich weiß es nicht, Lucienne. Ich denke nicht nach, wenn ich male. Es kommt einfach so aus mir heraus. Und am Ende komme ich selbst dabei heraus.« Und Frida lachte über ihren eigenen Scherz.

Eine Woche nach ihrer Ankunft in Mexiko starb Matilde Calderón Kahlo, *el jefe*, wie Frida sie nannte. Der Chef. Ihre Mutter.

Die Traurigkeit ließ alles vertrocknen. Fridas Gesicht war eine ausdruckslose Maske. Im Kummer hermetisch eingeschlossen. Sie weigerte sich kategorisch, die Leiche zu sehen.

Die sechs Schwestern, Geschwister ohne Bruder, kleideten sich schwarz, niemand wagte es, Vater Guillermo Bescheid zu sagen, der sich in seinem Zimmer ans Klavier zurückgezogen hatte, wo er nicht seine Lieblingskomponisten Beethoven und Johann Strauss spielte, sondern Chopin.

Frida kann klassische Musik nicht ausstehen.

»Als sie jung war, war meine Mutter wunderschön. Klein und zart wie eine Glockenblume. Aber sie hatte einen hundsgemeinen Charakter. Später ist sie pummelig geworden, und ich suchte vergeblich in ihren Hautfalten nach der Glockenblume. Sie war sehr intelligent, aber ungebildet, im Gegensatz zu meinem Vater. Hundsgemein ist vielleicht übertrieben, wenn ich überlege. Im Grunde war sie nett, aber sie schimpfte uns oft aus, als wir klein waren, und da haben wir beschlossen, dass sie bellte. Wenn unser Vater sich zurückzog, wurde sie ruhiger. Ist dir schon aufgefallen, wenn man einmal entschieden hat, welche Farbe ein Mensch vor allem hat, kann man das nicht mehr infrage stellen oder nur sehr schwer. Was verrät das über uns?«

»Dass wir es uns zu einfach machen. Ich berufe mich ständig auf meinen Vater, den berühmten Künstler. Dabei war er auch ein großer Mistkerl. Ich habe gelernt, ihn mit den Augen der anderen zu betrachten, ihn außerhalb unserer Beziehung zu erfassen, wie einen Fremden. Meine Mutter hingegen gehört mir.«

»Habe ich dir schon erzählt, dass der erste Verlobte meiner Mutter sich vor ihren Augen umgebracht hat?«

»Ich glaube nicht, Frida. Warum hat er das getan?«

»Ich weiß es nicht. Warum bringt man sich um? Der Gedanke, dass man es tun kann, macht einen frei. Man macht das Fenster auf und springt. Meine Mutter hielt vieles geheim.

Es gibt Dinge, über die wir nie gesprochen haben. Aber ich habe Liebesbriefe von ihm gefunden, die sie aufbewahrt hatte. Er war Deutscher, wie mein Vater.«

»Das ist ein merkwürdiger Zufall.«

»Ich weiß nicht, ob es Zufall ist.«

Lucienne und Frida unterhalten sich, ohne einander anzusehen. Ihre Hände kneten den Teig, holen die fertigen Törtchen aus dem Ofen, dekorieren und bemalen die Leckereien und verteilen sie im Raum, damit sie trocknen. Je abwegiger die Tätigkeit, desto wesentlicher erscheint sie, auch jetzt noch, um halb fünf Uhr morgens, geben sie der Nacht nicht nach, sie verbringen die Zeit, wirbeln mit den Händen herum, ganz in ihre Gedanken versunken, dazu ihr braunes Glas Whisky Sour.

»In jedem dieser Törtchen steckt der Tod, Lucienne.«

»Warum gehst du nicht zurück nach Mexiko, Fridita, anstatt Törtchen zu backen? Hast du Angst, Diego allein zu lassen?«

»Ich möchte, dass er mitkommt! Als dieser *hijo de puta* Rockefeller Diegos *mural* abgelehnt hat, dachte ich mir, Glück im Unglück, dann können wir ja endlich weg aus *Gringolandia*. Von wegen! Diego findet immer irgendeinen Grund hierzubleiben. Nach dem Fresko an der Workers School, das er gerade malt, findet er ein anderes Projekt, eine neue Ausrede. Wie damals, als er wegen ›aufwieglerischer Haltung‹ aus Moskau vertrieben wurde, das hat er nicht ertragen.«

»Aus Moskau?«

Ja, 1927 hatte Rivera fast ein Jahr in der UdSSR verbracht. Er war als offizielles Mitglied der mexikanischen Delegation zum zehnten Jahrestag der Oktoberrevolution eingeladen worden. Frida kannte er damals noch nicht, er sollte ihr erst später begegnen, kurz nach seiner Rückkehr nach Mexiko. *El gran pintor revolucionario* fühlte sich wie im siebten Himmel, die Sowjetunion war für ihn das Heilige Land. Er wollte ein Fresko für das russische Volk malen. Doch er kam mit seinen dezidierten Meinungen bei der Komintern nicht gut an; nach dem, was er Kahlo erzählte, kritisierte er offen den sozialistischen Realismus und setzte sich für eine Rückbesinnung der Malerei auf ihre slawischen folkloristischen Wurzeln ein. Die sowjetische Führung schickte ihn nach Mexiko zurück. *Rápido.*

Die beiden Frauen wissen, dass Diego nun auch in den USA zur *persona non grata* geworden ist. Außer Ford in Detroit und Rockefeller in New York hat er es geschafft, alle amerikanischen Milliardäre gegen sich aufzubringen. Die Riveras und Rockefellers verstanden sich prächtig, doch die Diskussion um ein Gesicht sprengte die schöne Planung.

Diego malt Lenin auf das Gemälde im RCA Building. Ein bedeutungsvolles Gesicht, das auf den Vorbereitungsskizzen, die der Auftraggeber gebilligt hat, fehlte. Pulverfass. Dominoeffekt. Das Fresko getötet, mit einem Pinselstrich, mit einem schweren Tuch vor den Augen des Käufers verborgen. Der nächste große Auftrag aus Chicago gestrichen. Das *mural* an der Workers School, an dem Diego heute Abend arbeitet, wo Frida nichts Absurderes eingefallen ist, als Törtchen zu backen, um die stillstehende Zeit in New York auszufüllen, ist eine Farce. Das hilft ihm, seine Wut im Zaum zu halten und das Gesicht nicht zu verlieren. »Glaubst du, sie werden sein Fresko im RCA Building zerstören?«, fragt Frida Lucienne, eine rhetorische Frage oder eine Zauberformel. »Das weiß ich nicht, aber Rockefeller ist ja kein Dummkopf, er weiß, dass die Intellektuellen ihn verspotten, weil er es hinter einem Vorhang versteckt. Wenn er es zerstören lässt, steht Diego als

Held der Unterdrückten da. Weißt du noch, was Walter Pach über den Wirbel in Detroit gesagt hat: *Wenn diese Gemälde übertüncht werden, kann man nichts mehr tun, um Amerika reinzuwaschen.*«

Frida und Lucienne waren da, als Rockefellers Handlanger Diego aufforderten, seine Arbeit zu beenden und den Ort umgehend zu verlassen. Frida versuchte symbolisch, sich ihnen in den Weg zu stellen, um den Meister zu beschützen, doch das war vor allem ein Ablenkungsmanöver, damit Lucienne, die stets mit ihrer Leica bewaffnet ist, Diegos großes *mural* fotografieren konnte. Wenigstens das. Damit es als Bild bestehen bleibt. Als die traurigen Schergen ihren Apparat beschlagnahmten, konnten sie nicht ahnen, dass der Film *manu militari* in Lucienne Blochs Mieder gesteckt worden war. Unter zivilisierten Menschen spielt jeder sein eigenes Versteckspiel.

Dass das Fresko vernichtet wird, quält sie. Sie hebt ihr Whiskyglas hoch, als wollte sie dem weiten Himmel zuprosten. »Auf Lenin!«, brüllt Frida, mittlerweile völlig beschwipst. »Jetzt sind wir schon fast vier Jahre in den USA, und ich verstehe dieses Land noch immer nicht. Auf dich, Lucita! Und auf alle Hurensöhne! Ich glaube, die Törtchen könnten noch ein bisschen Blau vertragen, was meinst du? Es fehlt noch an Zärtlichkeit.«

»Warum magst du Amerika nicht?«

»Ich weiß es nicht. Weil es mir Diego raubt. Außerdem schlürfen sie pausenlos winzige Cocktails und sehen dabei so furchtbar überheblich aus«, sagt Frida und ahmt ihre snobistischen Mienen nach, indem sie den Mund verzieht.

Lucienne lacht schallend.

»Lach nicht, das ist die Wahrheit! Ich habe den Eindruck, ohne Cocktailparty läuft in diesem Land überhaupt nichts.

Man will ein Bild von dir kaufen? Eine Cocktailparty. Man will es nicht mehr kaufen? Eine Cocktailparty! Die USA treten in den Krieg ein? Eine *fucking* Cocktailparty! Die Amerikaner betrinken sich ohne jeden Humor. Sie können sich nicht berauschen. Da lohnt sich das Trinken wirklich!«

»Aber du trinkst doch auch mit Diego deine Cocktails, auf den Empfängen seid ihr immer abgefüllt.«

»Deswegen kenne ich die Amerikaner ja so gut, ich habe sie aus der Nähe beobachtet. Ich trinke wenigstens, um die anderen zum Lachen zu bringen. Und wenn man sich auf den Partys nicht zeigt, ist man ein Nichts. Was ist das für ein Land, in dem man denken könnte, Ehrgeiz zu haben bedeute im Smoking Petits Fours zu essen. In Mexiko sind die Leute verrückt, aber wenigstens wissen sie, wie man ordentliche Feste feiert.«

»Da muss ich an das Gesicht der Reporter denken, die dich neulich interviewt haben, Frida! ›Was machen Sie in Ihrer Freizeit, Frau Rivera?‹ – ›Liebe!‹ Und du lagst im Bett und hast an einem Lolli gelutscht, du treibst die Leute noch in die Ohnmacht!«

»Was soll's, Lucienne, wir leben, wir leiden, und am Ende sind wir tot. Warum nicht drei Gringo-Reporter schockieren, die nicht wissen, wie sie ihre Zeilen füllen sollen? Was hätte ich ihnen denn erzählen sollen? Dass ich in meiner Freizeit für einen Mann, den ich mehr liebe als meine eigene Haut, ungenießbare Törtchen backe? Dass ich mir im Kino viermal *Frankenstein* angeschaut habe? Dass ich keine Kinder kriegen kann?«

»Du hättest über deine Malerei sprechen können. Ist dir eigentlich schon aufgefallen, dass manche Frauen der höheren Gesellschaft deinen Kleiderstil nachahmen?«

»Ja, sie sehen aus wie Baba au rhum. Ich verstecke meine verkrüppelten Beine, aber wenn ich Beine hätte wie ein *movie star*, würde ich sie zeigen, um das Herz der Männer zum Schwitzen zu bringen! Sie haben keine Ahnung. Meine Malerei interessiert das Publikum nicht. Sie ist ganz klein. Die Schreiberlinge wollten, dass ich über Diego Rivera plaudere. Die Ehefrau des großen Mannes. Sehr originell. Verstehst du, warum all diese Kapitalisten einen revolutionären, kommunistischen Maler haben wollen, um ihre Wände zu schmücken? Sie wollen nur eins: Wandschmuck, aber bloß keine Politik. Und hinterher sind die kleinen Hübschen angewidert.«

»Frida, unsere Törtchen sind fertig.«

Frida schweigt, sieht sich in der Wohnung um. Ihre Hände und ihr Gesicht sind voller Farbe. Draußen die Nacht, die sich bis in die vom spitzen Schatten der Gebäude angekratzte Unendlichkeit ausdehnt. Sie holt ein großes Tablett und türmt die Törtchen darauf. Alle Törtchen. Dann öffnet sie das Fenster, schaut nach unten und wirft mit einer brüsken Bewegung die Törtchen in die Luft.

»Es regnet Törtchen in New York!«, ruft sie. »*It's raining cakes, careful, motherfuckers!* Ist das schön!«

»Na los, *guapa*, ex und hopp! Diego Kröte kommt heute sowieso nicht mehr nach Hause.«

Elektrisch Rot

Nervöses, blendendes Rot

Diego hat weiter abgenommen. Seine Augen schmerzen. Er ist reizbar, besorgt und ein bisschen grausam, zum Zeitvertreib. Das New Yorker Apartment mutiert zum Schauplatz schlechten Theaters hinter verschlossenen Türen, dieselben Marotten, immer wieder aufgewärmt. Frida will die USA verlassen, sie ist von dem Gedanken wie besessen, Diego will davon nichts hören. Streit bricht aus, Sisyphos-Arbeit, immer wieder werfen sie sich dieselben Argumente an den Kopf, routinemäßig, wie man Wäsche aufhängt. Jedes Paar hat seine Steine des Anstoßes; man drückt auf den Knopf, und das Gewitter bricht los. Um seinem Ärger Luft zu machen, wie man glaubt, kommt der Stoff der Zwietracht immer wieder aufs Tapet, es findet kein Ende; man wirft mit Worten um sich, betont Offensichtliches, streut Salz in die Wunden, treibt die Dinge auf die Spitze. Ein zermürbendes Spiel von Kindern. Man kehrt mal den Dummen heraus, mal den Naiven, bringt Dinge zur Sprache, die schon hundertmal erörtert wurden, betrachtet sie aus einem anderen Blickwinkel, gerät aneinander. Frida will zurück nach Mexiko. Diego will in den USA bleiben. Geht es wirklich darum? Nie haben sie gewusst, worum es geht, sie verwechseln den Schmerz mit der Ursache des Schmerzes oder umgekehrt, die Dinge haben sich verfestigt. Die Riveras sind seit vier Jahren zusammen. Das ist kurz und zugleich lang. Frida spielt die Ehefrau. Diego hat an seinem Leben nichts geändert, warum sollte er auch? Die Frauen liegen ihm bedingungslos zu Füßen. In nostalgischen Momenten erinnert sich Frida, wie sie als kleines Mädchen an der Tür gelauscht hat, wenn ihr Vater Klavier spielte. Sie versteckte sich, um die Rolle der Spionin so lange wie möglich zu genießen, wie im Bolívar-Hörsaal, wo sie Diego hinter einer Balustrade beim Malen zusah. Sehen, ohne gesehen zu werden, hören, ohne gehört zu werden, eine kleine Frau, die das Geheimnis der Männer ihres Lebens zu ergründen sucht. Träumen kleine Frauen davon, die Männer ihres Lebens zu verstehen, oder davon, an ihre Stelle zu treten?

Frida beneidet Diego nicht, ist nicht eifersüchtig, denn Frida zu sein ist genug, Frida zu sein ist von Bedeutung und an guten Tagen auch ziemlich lustig. Es gibt keinen Wettbewerb zwischen ihnen. Diego hat seine Frau immer zum Malen angehalten, ihre Bilder faszinieren ihn. Er gibt zu, dass Frida eine Gabe hat, die ihm fremd ist. Es fällt ihm umso leichter, als ihre Künstlerwelten einander entgegengesetzt sind. Es freut ihn, wenn seine Gattin ihm einen mit Spitzen drapierten Picknickkorb vorbeibringt, doch zugleich ist er von Natur aus Feminist. Seine Frau ist ihm selbstverständlich ebenbürtig. Der große, gefeierte Maler mag nichts lieber, als wenn seine Frau ihm die Rolle des Stars wegnimmt, durch ihre verrückten Einfälle, ihre ungewöhnliche Aufmachung, ihren derben Wortschatz, ihren schwarzen Humor und vor allem durch ihr unerhörtes Talent, ihre innere Zerrissenheit und die Würde des Lebens in Bilder umzusetzen, das heißt, nicht zu sterben. Diego malt die ganze Welt auf Wände und sucht nach ihrem transzendierenden Glanz. Frida malt Details auf winzige Leinwände und sucht nichts. Dennoch fängt sie die ganze Welt ein. Diego wurde von einer Puppe mit dem Mut eines *caballero* verführt, die, ohne es zu wissen, eine ursprüngliche *mexicanidad* malte, durch ihren einzigartigen Blick bereichert. Eine gewaltige Freiheit in neuen Farben. Frida hatte sich ausgesucht, vom Menschenfresser ausgesucht zu werden. Sie wollte den Größten, den Dicksten, den Spaßigsten. Den ganzen Berg. Und jetzt? Wie soll man sich lieben, wenn der andere aufgehört hat, undurchdringlich zu sein?

Lucienne und ihr Mann Stephen Dimitroff sind da. Wie sie ist er Assistent von Rivera. Sie sind zum Mittagessen gekommen, aber die Atmosphäre ist bedrückend. Wenn man mitten in einem Streit zu einem Paar kommt, spürt man die Spannung in den Luftpartikeln, bevor man die Türschwelle übertritt. Die Riveras ziehen ihre Freunde gleich mit hinein. »Wir haben nicht mal mehr das Geld für die Rückreise!«, ruft Diego böse. Stephen erklärt, die Freunde könnten ihnen helfen. Frida wirkt ganz leer. Schon seit Stunden beschimpfen sie einander. Diego ist mit den Nerven am Ende: »Willst du, dass ich wieder dort lande?«, brüllt er und deutet mit dem Finger auf die Bilder, die stapelweise an den Wänden der Wohnung liegen. »Willst du, dass ich wieder dort lande, Frida?« Diego nimmt ein kleines Bild, auf dem *nopales* zu sehen sind, mexikanische Kakteen, vor einem Stück Himmel. »Willst du das?«, sagt er wieder und fuchtelt mit dem Bild vor Fridas Gesicht herum, so nah und so wild, dass Lucienne sich fragt, ob er es auf dem Kopf seiner Ehefrau zerschlagen, ob er es vernichten will.

Sein Bild auf seiner Frau zerstören.

Seine Frau mit seinem Bild zerstören.

Diego ergreift ein Küchenmesser, sticht auf das Bild ein, einmal, fünfmal, zehnmal, er hört gar nicht mehr auf, Frida stürzt sich auf ihn, und unwillkürlich stürzt sich Lucienne auf die beiden.

»Geh weg, Lucienne, er bringt dich um!«, schreit Frida und stößt ihre Freundin zurück. Das Bild ist in Fetzen, Stephen ist wie gelähmt, Lucienne liegt am Boden, und Frida klammert sich an Diegos Rücken fest, ein wütendes Mäuschen auf einem Vulkan. In Rage sammelt Diego die Überreste der Kakteen ein, schüttelt Frida ab, verlässt türenschlagend die Wohnung, die Fetzen des Bildes in den Taschen seiner Latzhose.

Frida, verweint und benommen, rappelt sich auf, sucht um sich herum nach ihrer Vernunft, die sie verlassen hatte. Sie streicht sich den Rock glatt, berührt ihre Brust, fasst sich wieder.

Sie wendet sich, das Haar noch zerzaust, ihren Freunden zu und sagt ruhig: »Na gut. Lasst uns essen. Ihr habt hoffentlich Hunger?«

III
MEXIKO – NEW YORK – PARIS
1933-1940

Gelb

Wahnsinn, Krankheit, Angst. Teil der Sonne und der Freude. Grüngelb, noch mehr Wahnsinn und Geheimnis. Alle Gespenster tragen Kleider in dieser Farbe, oder zumindest Unterwäsche.

Frida Kahlo, *Gemaltes Tagebuch*

Safrangelb

Stechendes, sich zum Rot hin
entzündendes Gelb

Frida räumt Diegos neues Atelier auf, sie hebt die präkolumbianischen Figuren an, entstaubt vorsichtig ihre kleinen, geheimnisvollen Köpfe, sucht Pigmentfläschchen, stellt sie nach Farben geordnet in einer Reihe auf und schiebt riesige Judaspuppen aus Pappmaschee herum, die friedlich vor sich hin zu dämmern scheinen. Später will sie ihren Vater bitten, ihr zu helfen, sie an der Decke aufzuhängen. Sie verteilt Tongefäße wie Opferschalen auf den Regalen, säubert in Koffern vergessene Pinsel und zündet heilige Kräuter an, um Wände, Kissen und Sessel mit ihrem Duft zu erfüllen. Sie mag den Geruch neuer Häuser nicht, diesen Geruch ohne Geschichte und von Erinnerungen entblößt. Sie wirbelt bei Diego in seiner Abwesenheit herum, damit es dort in den Ecken und Schränken ein wenig nach Frida riecht, damit die Staffelei in der Mitte des Ateliers wieder verführerischen Charme versprüht. Im Badezimmer nebenan küsst sie auf Zehenspitzen den Spiegel, sodass der Abdruck ihres Lippenstifts auf der Höhe von Diegos Mund ist, auch wenn er nur selten in den Spiegel schaut. Eine Weile bleibt sie vor den an der Wand lehnenden Bildern ihres Mannes stehen, hauptsächlich Frauenporträts. Zum ersten Mal nimmt sie darauf ein ekstatisches Leuchten wahr, ist irritiert von der Leere und Hingabe dieser Ekstase, die mehr über männliches Begehren aussagt als irgendein Spiegel ihrer Seele, dann geht sie schnell hinaus und überquert die Hängebrücke, zwischen dem Dach von Diegos Haus und der Terrasse des Hauses gegenüber, ihres Hauses.

Die Bauarbeiten sind so gut wie abgeschlossen, ihr Freund, der Architekt Juan O'Gorman, hat fleißig gearbeitet, während sie in den USA waren. Ihr neues Zuhause befindet sich in San Ángel, in der Avenida Altavista, unweit von Coyoacán. O'Gorman hat zwei Häuser mit viel Glas entworfen, damit eine Welle von Licht in Diegos Atelier flutet, mit einer Palisade ruhiger Kakteen, welche die beiden einander gegenüberstehenden und sich anschauenden Häuser verbirgt, das große in Rosa, das kleine blau, verbunden und verschieden, wie eine kluge Antwort auf die Gleichung dieses Paars, zusammenzuleben, aber nicht zu sehr.

Seit ein paar Monaten sind sie wieder in Mexiko, und Diego hat sich noch nicht beruhigt.

Er will nicht mehr malen, schiebt Aufträge hinaus oder lehnt sie ganz ab. Er antwortet nicht mehr auf Briefe, verliert Rechnungen, wirft das Geld zum Fenster hinaus, er hasst Frida.

Nachdem er erfahren hatte, dass sein *mural* im Rockefeller Center vernichtet worden war, und den Schock überwunden hatte, ein Jahr seines Lebens verloren zu haben, suchte er einen Ort, um das verwünschte Fresko noch einmal zu malen. Die mexikanische Regierung hat ihm dazu den zweiten Stock des Palacio de Bellas Artes zur Verfügung gestellt – hier ist die Linke nach der Wahl von Cárdenas wieder an die Macht gekommen. Doch auf einmal will er es nicht mehr; man bietet ihm die Wände der medizinischen Hochschule an, auch das interessiert ihn nicht, er muss die Fresken im Treppenhaus des Palacio Nacional zu Ende malen, mit denen er aufgehört hatte, er ist irritiert, er glaubt, gescheitert zu sein, in seiner Karriere, im Leben, also zerstört er seine Bilder, hat Wutanfälle, wettert gegen alles und jeden, geht unwirsch mit seinen Freunden um. Er verführt die Frauen, küsst manche von ihnen nach reichlich begossenen Abendessen auf den Mund, die Scham und den Speichel überlässt er seinen flüchtigen Eroberungen, die es nicht wagen, dem Blick seiner Frau zu begegnen, und sich insgeheim fragen, wann sie es dem großen Maler eigentlich gestattet haben, sie vor aller Augen zu verführen. Frida schwankt zwischen Wut und Selbstaufopferung. Ihr dickes, beleidigtes, deprimiertes Kind ist ihre Sache, ihre Bürde. Sie öffnet und beantwortet seine überfällige Korrespondenz. Angesichts der Berge von Post besorgt sie einen Ordner mit Alphabet, um den Krempel in Ordnung zu bringen, doch die meisten landen beim Buchstaben P, *por contestar*, zu beantworten … Sie greift sich die Exemplare mit erfreulichem Inhalt heraus und liest sie Diego vor. »Dein Freund, der Kritiker Élie Faure, schreibt dir aus Paris, er sagt, es war richtig, dass du beim Fresko im Rockefeller Center nicht nachgegeben hast. ›Ein Hurra auf den Erfolg deiner Aktion! Der künstlerische Ruhm eines Matisse oder sogar Picasso zählt nichts neben der menschlichen Leidenschaft, die du entfachst. Zurzeit gibt es keinen Maler auf der Welt, der sich mit dir messen kann.‹«

Sie widmet ihm immer mehr Aufmerksamkeit, muntert ihn zu mehr Leichtigkeit, Freude, *alegría,* auf. Sie veranstaltet Kostümbälle, auf denen fröhlich gesungen wird, und hat den Alltag dennoch fest im Griff: Sie geht ans Telefon, nimmt Aufträge für ihren Ehemann, den *pintor*, an und entwickelt Strategien für seine Rückkehr ins Leben, sie nimmt an nichts

Anstoß, zeigt das versehrte Lächeln jener, denen man nicht so leicht etwas anhaben kann, die im Kampf schon ganz andere Dinge besiegt haben als großen Liebesschmerz.

Dann lädt sie niemanden mehr ein, sie schreit ihrem *alter* ihre Verzweiflung und ihre Demütigung ins Gesicht. Sie habe es satt, seine Putzfrau und Assistentin zu sein, sie hätten kein Geld und keine Freunde mehr, es mache sie rasend, dass er die kommunistische Partei als eine Mutter ansehe, der er ständig etwas beweisen müsse, dass er ein Hypochonder sei, grausam, egoistisch und ungerecht. Außerdem habe er nie Kinder mit ihr haben wollen. Plötzlich ist er für alles verantwortlich, sie findet ihn unsensibel, weil er auf nichts Rücksicht nimmt, beim Sex nicht auf sie achtet, sie nicht mehr sieht und sich verflüchtigt. Es stört sie nicht weiter, dass er sie einfach nimmt, aber es missfällt ihr, wenn er hinterher einfach verschwindet. Zum Beischlaf mit anderen. Anderen Lippen, anderen Beinen, anderen Mündern. Sie ist eine großzügige Natur, räumt dem Sex seinen richtigen, nicht wahrnehmbaren Platz ein – Austausch von Schreien, Austausch von Krisen –, aber sich die vielen Male vorzustellen, den ausweglosen Korridor gespreizter Beine, reißt ihr manchmal doch zu sehr die zarte Haut um ihr Herz ab. »Diego, ich kann nichts dafür, dass wir die Vereinigten Staaten verlassen mussten.« – »Nein, deine Malerei ist kein Haufen Mist.«

Und ich, Diego? Und ich?

Wenn sie allzu ungehalten ist, bellt, widerspricht, droht sie ihn zu verlieren. Sie möchte, dass Diego sie liebt, weil sie ihn berauscht. Sie möchte sich ihren Glauben bewahren. Nicht mehr an Diego zu glauben steht ihrer Religion im Wege, ist ein schrecklicher Moment des Zweifels an Jenseitigkeit. Auf Diego zu setzen bedeutet, auf einer verstimmten Harfe zu spielen. Nichts Greifbares deutet darauf hin, dass es richtig ist, auf diese Verehrung zu setzen. Aber sie glaubt daran. *Faites vos jeux!* Nichts geht mehr.

Frida malt kein einziges Bild, es fällt ihr gar nicht auf, dass sie nicht mehr arbeitet, sie hat die Malerei sowieso noch nie als Arbeit betrachtet, nur als Zuflucht. Sie ist ganz auf Diego fixiert und hofft, dass sich seine Wut bald legt; wenn sie unglücklich ist, sucht sie ihn, um Zuflucht zu finden, sie küsst ihn, berührt ihn, legt sich auf seinen Bauch, doch je schlechter es Diego geht, desto mehr scheint Frida ihm lästig zu sein und ihm auf die Nerven zu gehen. Wie soll sie ermessen, was die richtige Distanz ist?

Sie haben nur noch eine Brücke zwischen ihren beiden Häusern.

Frisches Buttergelb

Blasser Gelbton,
der Raureif erahnen lässt

Frida wohnt immer häufiger bei ihren Eltern. Ein strategischer Rückzug, außerhalb von Diegos Sichtweite. Nicht, dass sie auch nur einen Augenblick wünschte, von ihm entfernt zu sein, sie zwingt sich, anderswo zu wohnen, und hofft insgeheim, dass durch ihre Abwesenheit die Zuneigung des missmutigen Riesen zurückkehrt. Solange man dem anderen Verwünschungen an den Kopf wirft – »eines Tages werde ich dich verlassen, und das wird schrecklich sein für dich!« –, weiß der andere, dass er einen nie verlieren wird.

Sie flüchtet also in das Haus, das ihr Vater kurz vor ihrer Geburt in Coyoacán gebaut hat, das Haus, in dem sie geboren ist.

Sie hat es blau anstreichen lassen. Sie hat das Blau so kräftig gewählt, dass es alle Zärtlichkeit und alle Meere verspricht. Dieses Blau wird den bösen Blick vertreiben. Hier leben ihr verwitweter Vater und Cristina mit ihren beiden Kindern Isolda und Antonio, die Frida liebevoll verwöhnt, als wären es ihre eigenen. Cristina, Fridas kleine Schwester, fast ihr Zwilling, wurde nach der Geburt des zweiten Kindes von ihrem Mann brutal im Stich gelassen, der sich seitdem in Luft aufgelöst hat. Cristina nimmt sie auf, sie weiß ja selbst, was brennender Liebesschmerz ist, ihre Schwester kämmt sie, wäscht ihre Kleider, kocht und umgibt sie mit der Wärme ihrer beiden Kinder. Eine Seele von Schwester.

Ihr rechtes Bein und der Fuß machen ihr wieder zu schaffen. Jeder Schritt ist eine Qual. Die Ärzte überlegen, ob sie den Fuß amputieren sollen oder zumindest ein paar Zehen, sie sagen es so ruhig, als ginge es darum, die letzten Früchte eines verfaulenden Baums zu entfernen.

Cristina versucht zu vermitteln, weil Frida davon nichts mehr hören will.

»Der Doktor hat gesagt, dass du dich nach der Operation einen Monat ruhig halten musst. Nur einen Monat.«

»Ich glaube, ihr freut euch alle, wenn ihr mich wieder ins Krankenhaus schicken könnt! Du, Papa und Diego! Ihr wollt mich lebendig begraben!«

»Wir machen, was du willst, Frida. Wie immer.«

»Was ist am schwersten, Cristi? Dass ich leide oder dass ich euch allen das Spektakel meines Leids vorführe? Für wen ist das schwer?!«

»Du bist ungerecht. Ich will dir doch bloß helfen.«

»Und Diego? Ich habe ihn seit einer Woche nicht gesehen. Meinst du, er würde mich im Krankenhaus besuchen? Sicher nicht. Er hat wieder angefangen zu malen. Und ganz sicher hat er einen Schwarm von Assistentinnen um sich herum, die er in der Pause vögelt.«

»Ich habe ihn gestern gesehen, ich habe ihm im Atelier geholfen, worum du mich gebeten hattest. Er hat die ganze Zeit nur von dir gesprochen. Er kam mir ein bisschen verloren vor. Ich habe ihm erzählt, was für Schmerzen du hast. Er hat sich erkundigt, ob du auch wieder angefangen hast zu malen.«

»Herrgott, wie soll ich denn malen, Cristi?! Mir tun sogar die Fußnägel weh. Die Haare, die Augenlider, die Hände schmerzen, die Zehen, mir tut es beim Atmen weh!«

Frida ist siebenundzwanzig und hat das Gefühl, nichts aus ihrem Leben gemacht zu haben, absolut nichts.

Eine Amputation ihrer Zehen lehnt sie entschieden ab.

Cristina schaut ihre Schwester an, die einen berühmten Maler geheiratet hat, die Schwester, die Jahre in *Gringolandia* gelebt hat, mit den *movie stars* Feste gefeiert und getanzt hat, mit Schiffen und Flugzeugen unterwegs war, zu Hause große Essenseinladungen für John Dos Passos, Pablo Neruda und Sergej Eisenstein gegeben hat. Die Schwester, die auf die *Preparatoria* gegangen ist und Bilder malt, die schön sind wie ein Faustkeil. Die Schwester, die ihr Vater am liebsten mochte, der er Jungensportarten und Fotografieren beigebracht hat. Cristina ist nie aus Mexiko herausgekommen. Sie muss ihre Kinder allein großziehen, kümmert sich um ihren melancholischen Vater und tröstet ihre tief betrübte Schwester.

Frida hat ihr ein Bild gezeigt, das sie in New York gemalt hat. Dieses Bild geht ihr seitdem nicht mehr aus dem Kopf. In seiner Mitte steht Frida als Skulptur in einem prächtigen weißrosa Ballkleid, dem kostbaren Rosa feinster Spitzen, auf einem Sockel wie eine Vestalin, lange Handschuhe auf ihren zarten Armen, sie hält in der einen Hand eine Zigarette und schwenkt mit der anderen ein Mexiko-Fähnchen. Zu Fridas Rechten sieht man die USA: Kolben, Wolkenkratzer, rauchende Fabrikschlote, Turbinen, in den Boden führende Kabel und Rohrleitungen. Zu ihrer Linken erhebt sich Mexiko mit seinen monumentalen Pyramiden, seinen aufregenden fleischfressenden Blumen, deren Wurzeln die Erde nähren, der fleischlichen Gemeinschaft von Sonne und Mond, dem Tod, der eine Grimasse schneidet, und dem wollüstigen Geschlecht der Frauen. Die beiden Lippen wie Schwingtüren zum Großen Unsichtbaren.

Frida dargestellt im Zentrum der Welt kommt Cristina vor wie ein Star, eine mythische Erscheinung. Der Sockel der Statue trägt die Inschrift: *Carmen Rivera.* Cristina hat gefragt, wieso Carmen Rivera. »Das bin ich dort, Cristi, eine andere, die Erfindung eines Kolosses, die Frau von Diego Rivera.«

Cristina wäre auch gern eine andere.

Sie möchte wissen, wie es ist, aus sich selbst auszubrechen.

Als ihre Schwester Frida nach ihrem Unfall im Bus angefangen hatte zu malen, war eins ihrer ersten Bilder ein Porträt von ihr, Cristina. Sie fühlte sich so geschmeichelt. Es gefiel ihr, Frida, die noch nicht wieder laufen konnte, im weißen Kleid Modell zu sitzen. Nie fand sie sich so schön wie auf diesem Bild. Frida sagte: »Ich male dich nach Botticelli-Art!«

Sie sind im Garten ihres blauen Hauses, dort, wo Cristina vor zehn Jahren im weißen Kleid Modell gesessen hat, um gemalt zu werden. In diesem Garten haben sie Verstecken und gefangene Prinzessin gespielt. Abwechselnd waren sie die Prinzessin, eingesperrt in einem Gefängnis, das sie sich in der großen Zeder des Patio vorstellten. Eine abgewandelte Form der Geschichte von Popocatépetl und Ixtaccíhuatl. Die eine war die Prinzessin und klagte ihr Leid, während die andere den Krieger spielte, der zurückkam, um die Schöne zu befreien. Der Baum wurde zum *Versteck der Vergessenen.* Ja, Cristina ist ein schönes Mädchen, und das weiß sie auch, sie hatte immer mehr Erfolg als Frida und die anderen Schwestern, sie ist weiblicher und hat eine schönere Figur. Auf den Familienfotos steht sie immer in der Mitte, sinnlich, strahlend in der ätherischen Feinheit ihres vollkommenen Gesichts, Frida steht an der Seite, in Hosen, ein wenig derb, mit dem Kopf eines Jungen.

Frida erzählt von Diego, von ihrem Schmerz, sich beklagend und fordernd, doch sie spricht nicht von ihrer letzten Schwangerschaft, von der ihr Körper gezeichnet ist. Kurze Zeit nach ihrer Rückkehr nach Mexiko waren die Ärzte wieder der Meinung, dass sie die Schwangerschaft nicht überstehen würde. Außer Cristina sprach sie mit keinem darüber, nicht mal mit Diego. Sie erzählte ihr von ihrer Fehlgeburt in Detroit. Von dem fließenden Blut, ihrer schreienden Freundin Lucienne, den Fötusstücken, dem Hammer, der zwischen den Beinen zuschlug bis hinauf zu ihrem Hals, dem Krankenhaus, der bunten Decke dort und der ungeahnten Freundlichkeit Diegos. Nie werde sie Kinder haben können. »Es ist ganz einfach, Cristi, ich schlafe nur noch mit Frauen, dann kann ich nicht mehr in diesen Zustand kommen.« Cristina weiß, dass Frida solche Sachen sagt, um sie zu schockieren, aber auch, weil andere zu schockieren auch Lachen bedeutet, Scherze stärken die Abwehrkräfte, Cristina hat sie zu der Abtreibung begleitet, danach haben sie nicht mehr von dem Ereignis gesprochen.

Kummervolles, heimliches Murmeln.

»Ich dachte, wenn wir wieder in Mexiko sind, wird alles besser, Cristi. Eine Epiphanie. Ich habe Mexiko verklärt und für eine Art Wundermittel gehalten. Ich dachte, ich hätte eine Art Phantom von Diego hiergelassen, das brav auf mich wartet. Als gäbe es einen mexikanischen Diego und einen Gringo-Diego. Als wären Mexiko und die Vereinigten Staaten Dimensionen, die nicht gemeinsam existieren. Als hätte ich meinen freundlichen Maestro beim Abschied in einen Schrank mit Naphthalin verpackt, jedenfalls die mexikanische Version von ihm, und bei meiner Rückkehr wäre er dort wieder herausgekommen, wie neu und wie der wunderbare Verrückte, dem ich hier begegnet war. Verstehst du, was ich meine?«

»Ich glaube, schon. Aber ich glaube, du hättest nur die Idee von deinem Maestro in den Schrank geräumt. Und nicht Diego selbst.«

»Warum sollte der Ruhm Diego Riveras in Mexiko weniger strahlen als in den USA?«

»Mexiko hat er schon erobert, Frida.«

»Mich hat er auch schon erobert, Cristi.«

Da sind sie heute, die beiden Schwestern, im Garten ihres Vaters, der mit den Jahren schweigsamer geworden ist, und trinken einen Kaffee mit Zimt, zwei Ehefrauen ohne ihren Mann, und sie suchen unter dem Baum, dem Versteck der Prinzessinnen, ein bisschen Schatten.

»Der Kaffee ist zu süß.«

»Du hast zu viel Zimt reingetan.«

»Um dich an den Geschmack Mexikos zu erinnern.«

Sandgelb

Knisterndes Gelb

Diego hat eine Affäre mit Cristina.
Cristina hat eine Affäre mit Diego.

Frida weiß nicht, in welchem Sinn man das ins Reine bringen kann.

Sonnengelb

Grelles, blendendes Gelb

Ihre Wohnung ist voller Menschen, ihre Türen stehen jeden Tag offen. Alle sind willkommen, gut Gekleidete und Arme, Griesgrame und Poeten, um zu Frida zu kommen, genügt es, zu trinken und sein Glas nicht zu zerbrechen. *Trink Mezcal, und die Tür geht auf.* Na los, *güey*, du gehörst zur Familie. Frida trinkt wie wild, bis sich alle Konturen verwischen. Sie kann sie spüren, ihre Bekanntheit, all die Leute, die sie bewundern, weil sie am verrücktesten ist, dieses Durcheinander ist so lustig, wenn es Nacht ist, ihr tut nichts mehr weh. Ihr Fuß, ihr Rücken, ihr Geschlecht, ihr Kopf, weit entfernte Kontinente in diesem seit dem frühen Morgen getränkten Körper. Du willst mich leicht wie einen Kolibri, *mi hermano*, und du hast recht, nichts hält mich. Weißt du, dass der Kolibri nicht laufen kann, der einzige Vogel, der rückwärts fliegen kann? Das interessiert dich nicht und das ist normal, denn wir kennen uns nicht. Trotzdem bist du mein Gast. Ich kann nicht laufen, aber ich kann mit dir tanzen, wenn ich mich mit Tequila umbringe, also was soll's, willst du dich zwischen meine Schenkel legen und dich stöhnend hin und her bewegen? Bitte bedien dich, meine Beine sind seit Langem tot, lass deinen Schweiß auf meine Stirn tropfen, das wird meine Tränen benetzen, es schenkt mir ein Schauspiel der Liebe und kostet nichts. Scham ist für Leute da, die etwas zu verlieren haben, oder? Die Angst vor dem Bild haben, das sie abgeben. *Der Rest ist Literatur.* Das Bild, um das ich mich seit hundert Gemälden bemühe, ich lüge mir nichts vor, diese Augen, die mich anstarren, ich weiß nicht, ob es wirklich meine sind, wenn ich daran denke, wird mir schwindelig, mir das Gehirn vorzustellen, weiche Masse, Teig, der hinter diesen Augen wohnt. Ich trinke, ich rülpse, ich falle, ich bin nicht deine Puppe mit selbst genähten Röcken. Ich bin ein mageres Skelett mit langem Haar im Wartestand. Setz dich hier an den Tisch, das ist die *pulquería* der Leute, die nicht nach Hause gehen, die Verlorenen, die auf der falschen Seite des Mondes geboren sind. Den Mond, den suche ich auf dem Grund eines Glases.

Am Ende der Nächte singt sie aus voller Kehle, und die Nachbarn verfluchen sie. »Was denn, *cabrón*?«, brüllt sie durchs Fenster. »Hast du ein Problem mit mir? Komm her, ich habe keine Angst, komm und hol mich, *hijo de la chingada.* Wozu brauche ich Beine, wenn ich Flügel zum Fliegen habe!?«

Wann komme ich hier weg, wann ist es zu Ende?, denkt sie, wenn es zu sehr schmerzt, am Leben zu sein, weiß man immerhin, dass man noch sterben kann.

Sie kann zusammenbrechen.

Gnade des schwarzen Lochs von Alkohol.

Frida ist ins Zentrum von Mexiko gezogen, in die Avenida de los Insurgentes 432, weit weg von San Ángel, wo Diego wohnt, und weit weg von Coyoacán, wo Cristina wohnt. Sie hat alles oder fast alles zurückgelassen, ihre Kleider, Bürsten, Ketten, Ohrringe, den Tand, die Bilder, ihre Farben und Pinsel, ihre Bücher. Auch ihre Puppen, Schachteln und Tonschalen. All den Plunder, über den sie sich so freute. Sie weiß, dass ihr Verhältnis zu Dingen obsessiv, neurotisch ist. Frida schafft all diesen Dingen eine Seele, eignet sie sich an, übersetzt ihr Schweigen in Geschichten. Wie Kinder mit ihren Spielzeugen.

Sogar ihre liebsten Kleider. Die Gewänder der Frauen vom Isthmus von Tehuantepec, die ihr zur zweiten Haut geworden sind. Sie hat begonnen, sie zu tragen, als sie Diego heiratete. Es heißt, dass sich das Volk der Tehuana aus dem Oaxaca-Tal eine matriarchalische Kultur bewahrt hat, die von ihren zapotekischen Vorfahren stammt. Das gefällt Frida sehr. Die Frauen der Tehuanas führen die Geschäfte, sind Familienoberhaupt und beherrschen die Märkte. Starke, emanzipierte Frauen in diesen edlen Kleidern. Ihre Unterröcke haben tausend Farben, Mintgrün, Knallorange, Glutrot, Basaltschwarz, mit bunten Blumen, der untere Rand ist mit weißen Spitzen besetzt, darüber mit Blumen und geometrischen Mustern bestickte Blusen, die *huipiles*, von unterschiedlicher Größe, manche wie eine lange makellose Tunika.

Frida hat sie in San Ángel gelassen. Zusammen mit ihrem Parfum und ihrer ehelichen Hingabe.

Sie hat auch ihre Haare dort gelassen.

Ihre langen, von Diego geliebten Haare. Die er gern anfasst, an denen er schnuppert, an denen er zieht und die er streichelt. Wie fest er daran zieht, wenn er vögelt. Es tut weh. Er zieht wie an einem Strick. Sie frisiert sie für ihn mit immer mehr Bändern und Blumen. Sie hat eine Schere genommen, entschlossen die Strähnen gepackt und alles abgeschnitten. Schnipp, schnipp, schnipp, Tränen, Tränen, Tränen, Schluss mit Frida Rivera. Im Handumdrehen.

Ins Feuer mit der Frau!

Sie hat nur alte schmutzige Hemden von Diego mitgenommen, um sie einzuatmen, ihre Bücher von Walt Whitman – *Ich bin von Verrätern verlassen. Ich rede irre, ich hab den Verstand verloren, ich und sonst keiner, bin selber der größte Verräter,* sie hat ihr Äffchen Fulang Chang und einen großen Vorrat Tequila mitgenommen, genug, um ganz Mexiko-Tenochtitlan zu ertränken. Alejandro, ihr *novio* von früher, hat ihr geholfen, die Wohnung in der Avenida de los Insurgentes zu finden.

Sie sind immer Freunde geblieben, Alex und sie. Frida konnte nie Menschen aus ihrem Leben verbannen, zu sehr fürchtet sie die Leere. Nach ihrem Rückfall war das Feuer der Liebe erloschen. Alejandro studierte in Europa, und Frida lernte Diego kennen. Diese Jugendliebe erscheint ihr inzwischen ganz farblos, aber Alex bleibt ihr erster *novio*, was ihm in ihren Augen den Charme der alten, leicht unscharfen Fotos verleiht.

Sie will die Scheidung, nein, sie will, dass Diego sie vermisst, dass er leidet, sie anfleht, nein, sie will diesem Hurensohngesicht, diesem Fotzenfresser nie mehr begegnen, doch, sie will, sie möchte, dass er an ihre Stelle tritt, den Hund in ihrem Bauch spürt, der ihre Eingeweide frisst, Tag und Nacht, mehr weiß sie nicht.

Sie hat sie gesehen. Cristina und Diego. Nie hätte sie es glauben können, wenn sie sie nicht gesehen hätte.

Zuerst hörte sie das Stöhnen brünstiger Tiere, das Röcheln Diegos, das sie auswendig kennt. Sie kam ihn im Atelier besuchen, ganz spontan. Sie hatten sich seit ein paar Tagen nicht gesehen, er hatte nicht nach ihr gefragt. Sie wollte mit ihm über die Operation sprechen, der sie zugestimmt hatte. Sich nun doch die Zehen amputieren zu lassen, um ihren Kopf wieder geradezurücken. Allerdings brauchte sie dafür Geld und wollte, dass er sie tröstet. »Frida, ich liebe dich ohne Zehen noch mehr!« Sie kam über die Außentreppe herein, die Tür war nicht verschlossen, sie trat auf die Galerie oberhalb des Ateliers, von der aus man wie von einem Theaterrang hinunter auf das Atelier sieht. Es war ein grauer Spätnachmittag, in der Werkstatt brannte kein Licht, da hörte sie sein Röcheln und das Wimmern einer erregten Frau, ihr Bauch erstarrte zu Eis, das Blut in ihren Schläfen pochte, sie geriet außer Atem, Frida dachte an gar nichts mehr, Vorhang, Angriff, Panik, Kränkung, sie wollte sich rückwärts bewegen wie ein Kolibri, doch das böse Vergnügen des Voyeurismus war stärker als sie, masochistische Falle. Sie weiß von den Betrügereien ihres Mannes, doch ihnen beizuwohnen wie einer Messe hat ganz andere Ausmaße, also beugte sie sich vor und schaute zu.

Die Hose in Korkenzieherfalten, dicker, sich bewegender Hintern, gespreizte Frauenbeine, von außen betrachtet hat die Liebe etwas Simples an sich. Dann richtete ihr großer *pintor* sich ein wenig auf, sodass Frida das lustverzerrte Gesicht seiner Schönen erkennen konnte.

Sie ging wieder, lautlos, rückwärts fliegend wie ein Kolibri.

Resedagelb

Lauwarmes, herbes Gelb,
ein romantisches Lied

Frida ist wieder in New York. Ohne Diego. Sie ist gerade mit ihren Freundinnen Anita Brenner und Mary Sklar angekommen, und das Trio wurde herzlich von Lucienne empfangen, die gar nicht mit diesem Besuch gerechnet hatte. Frida ist ihr in die Arme gesunken.

Das Trio war kurzentschlossen aufgebrochen. Bei einem Essen in Mexiko, das bis spät in die Nacht dauerte, hatte sich Frida besonders für einen der Gäste interessiert, den jungen Piloten einer Stinson – einer leichten Touristenmaschine –, und gegen drei Uhr morgens rief sie ihren Freundinnen zu: »Morgen fliegen wir nach New York! Ich habe einen Chauffeur gefunden!«

Anita und Mary waren ziemlich beschwipst und fanden die Idee fabelhaft. Der junge Mann verfiel dem Charme der drei Amazonen und ließ sich bereitwillig verpflichten.

Anita ist eine alte Freundin von Frida, die beiden haben sich zur Zeit der rauschenden Feste von Tina Modotti kennengelernt. Sie ist eine von mexikanischer Kultur begeisterte Intellektuelle, hat mit Tina zu dem Konzept künstlerischer Erneuerung gearbeitet und ein Buch über die Arbeit der Muralisten geschrieben. Sie kennt Diego gut und bewundert ihn, aber nach der Trennung des Rivera-Paars hat sie eine Entscheidung getroffen und beschützt Frida, die vom Weg abgekommen ist.

Als Frida die kleine Flugmaschine der mexikanischen Gesellschaft Aeronaves auf dem Rollfeld sah, war sie ein wenig ernüchtert. Die Stinson ist für vier bis fünf Personen gebaut und sicherlich ein Schmuckstück der Konstruktionstechnik, doch ihr zartes Gestell wirkt auf den Laien eher minimalistisch. »Ist das ein Kinderspielzeug?«, fragte Anita spöttisch.

Manuel, der Pilot, bemerkte stolz, dass Al Capone die gleiche Maschine besaß. Das reichte offenbar, um den Plan nicht aufzugeben.

»Was für eine Odyssee, das kannst du dir nicht vorstellen!«, sagt Frida, wild gestikulierend und aufgeregt am Tresen des Brevoort-Hotels. »Ich weiß nicht, wie oft wir beinahe abgestürzt sind. Nie wieder steige ich in so eine Schrottkiste! Mary fand das berauschend – sie ist verrückt! Anita hat die ganze Zeit meine Hand gedrückt und *I Only Have Eyes for You* gesungen. Wir mussten sechsmal notlanden! Beim Fliegen war der Krach so laut und es hat so heftig vibriert, dass ich die Rippen in meinem Brustkorb tanzen spürte. Nach drei Tagen Starten und Landen in diesem Rhythmus habe ich beschlossen, dass wir uns von Manuel trennen und mit der Eisenbahn weiterfahren. Ich hatte das Gefühl, ich erlebe meinen Unfall noch einmal.«

»Frida, darf ich dich daran erinnern, dass das Ganze deine Idee war«, wirft Mary ein, »du hast den schönen Manuel doch den ganzen Abend becirct.«

Und jetzt sind sie alle vier in Harlem.

Vier brünette Schönheiten, *FWs, fucking wonders*, wie Frida sagt. Mit gewellten Frisuren und Charlestonkleidern, doch eine in Anzug und Krawatte, Frida, als Mann gekleidet. Die

Weste ist aus Leder. Sie haben beschlossen, auszugehen, um die Nacht violett zu malen. Sie wollen Jazz und starken Alkohol. Lucienne hat den Cotton Club vorgeschlagen. Sie hat dort vor ein paar Jahren Duke Ellington spielen sehen, mitten in der Prohibition. Unter den Tischen wurde voll eingeschenkt. »*What is Jazz, really*?«, fragt Frida ihre Freundinnen. Sie hat während ihres USA-Aufenthalts schon welchen gehört, aber Frida spürt das Bedürfnis, den Dingen um sie herum auf den Grund zu gehen und sie zu benennen, so wie man eines Morgens am Ende des Lebens fragen kann: *Was ist eigentlich Freundschaft? Was ist Zeit?* Finde Worte, um es mir einfach zu erklären.« – »Jazz ist wie eine Welle, aber statt zurückzufließen, reißt sie dich mit, und zum Schluss kommst du ganz heftig«, sagt Lucienne. »Ja«, sagt Anita, »Jazz ist wie ein kollektiver Kreislaufkollaps ohne Gott.« Mary lacht: »Jazz ist Swing, Baby!« Und Frida, naiv wie ein Kind, das existenzielle Fragen liebt, sagt: »Was ist eigentlich Swing?«

Lucienne antwortet nicht. Sie wirft Frida einen forschenden Blick zu.

»Als du New York verlassen hast, trugst du ein mexikanisches Kleid, vor dem die Sonne erblasste, und hattest Bänder und Blumen im Haar. Heute siehst du aus wie ein Junge. Frida auf der Suche nach einer anderen Frida.«

»Dazu fällt mir eins der Bilder ein, an denen ich in Manhattan gearbeitet habe. Ich habe ein Kleid dargestellt, das auf einem Bügel an einer Leine hängt … Damals malte Diego das Fresko für Rockefeller.«

»Ich erinnere mich, Frida. Die Leine ist an der einen Seite an einem Pokal befestigt und auf der anderen …«

»An einer weißen Kloschüssel aus Keramik, die einzige Collage, die ich je gemacht habe.«

»Wieso denkst du an dieses Bild?«

»Ich wollte zurück nach Mexiko. Diego und ich haben uns damals dauernd gestritten. Das Kleid an dem Bügel war ich und war es auch nicht. Es war das, was man beschließt, in den Augen der anderen zu sein, bis zu dem Moment, an dem man nicht mehr weiß, wer man wirklich ist. Heute weiß ich es nicht mehr …«

»Weißt du nicht mehr, wo Frida Kahlos Anzug hängt?«

»Bitte, Lucita, zünde mir eine Zigarette an.«

Im Cotton Club bahnen sich Lucienne und Anita einen Weg durch die Menge und halten Ausschau nach einem freien Tisch. Auf der Bühne heizen Nackttänzerinnen die Stimmung an, akrobatische Paare, die sich zu wilder Musik bewegen. Frida wundert sich, dass überall nur angeheiterte Weiße sind, keine Schwarzen, außer auf der Bühne und beim Personal.

»Sind wir hier nicht in Harlem?«

»Schwarze Gäste sind nicht zugelassen, Frida.«

»Machst du Witze? Und haben Juden Zutritt?«

»Du hast recht, lass uns abhauen, gehen wir ins Savoy.«

Im Savoy Ballroom setzen sich Lucienne und Frida etwas abseits, Mary und Anita lauschen derweil gebannt der *band*. In erschreckend schnellem Rhythmus werden immer neue Flaschen mit *cheap* Bourbon herumgereicht.

»Als ihr nach Mexiko zurückgekehrt seid, dachte ich, ihr würdet wieder zusammenfinden, Diego und du. Dein Brief, Frida … ich musste weinen, als ich ihn gelesen habe … Und Cristina, so eine Hure.«

»Wieso, Lucy? Komischerweise fühle ich mich ihr noch näher als früher. Es ist, als teilten wir jetzt dasselbe Geheimnis, hätten dieselbe Katastrophe erlebt.«

»Redet ihr denn noch miteinander?«

»Anfangs nicht, ich konnte es einfach nicht. Ich bin geflohen, habe mir von meinem restlichen Geld eine kleine Wohnung im Zentrum gekauft. Ich habe keine Kohle mehr. Diego zu fragen, ob er mir etwas leiht, kommt selbstverständlich nicht infrage. Aber Cristi und ich sehen uns mittlerweile wieder, ja. Ich glaube, sie war noch trauriger als ich. Der Dickwanst ist wie ein lüsterner Gott über sie hergefallen. Was hätte sie tun sollen? Glaubst du, sie hätte einfach *nein, danke* sagen sollen? Wenn Diego dich auswählt, hast du das Gefühl, eine Art höheres Wesen zu sein. Und er versteht es, so zu tun, als wäre alles nicht so schlimm.«

»Was hat er zu dir gesagt?«

»Dass Treue eine bürgerliche Konvention ist.«

Frida bricht in Lachen aus, als wolle sie damit etwas Unanständiges überdecken. Lucienne schaut sie mit großen Augen an.

»Warum sollte ich nicht lachen? Das ist doch urkomisch, oder? Dieser Hurensohn. Er ist wirklich ein Unikum!«

Frida gibt dem Kellner ein Zeichen, um die nächste Flasche zu bestellen. Sie ist zugleich ruhig und in Trance. Lucienne sieht mit einer Mischung aus Entsetzen und Bewunderung zu, wie das zarte Persönchen das Glas hinunterstürzt.

»Wie hältst du das durch mit so viel Whisky im Blut? Wie viel wiegst du eigentlich? Fünfundvierzig Kilo?«

»Ich versuche, meinen Kummer zu ertränken, meine schöne Lucita, aber dieses Biest lernt sehr schnell schwimmen.«

»Warum hat Diego sich ausgerechnet deine Schwester geangelt?«

»Warum denn nicht? Sie war da, sie ist bezaubernd, sie ist allein. Sie ist fasziniert von ihm. Wie all die anderen, wo ist der Unterschied. Glaubst du, er wollte mir noch mehr wehtun? Vielleicht, ich kann darüber nicht nachdenken. Es gibt Verletzungen, die einen für immer verändern. Aber will ich mich verändern? Nein, dazu habe ich keine Lust. Was soll ich schon machen? Ich sage mir, diese Verletzungen sind ein Teil von dir, sie lösen sich in dir auf, als ob du sie mit deinen Knochen vermischtest. So kannst du ein wenig die bleiben, die du bist. Es ist, als ob man nach mehreren Jahren einen Garten besucht, einen Garten, den man als Kind in- und auswendig kannte, weil man dort immer gespielt hat. Man geht rein und schaut, was sich verändert hat. Nichts hat sich verändert. Da sind die gleichen Vögel, der Duft der Rosen ist unversehrt, die Bäume sind immer noch da. Man ist nur einfach dem Tod näher gekommen.«

»Wo ist Diego jetzt?«, fragt Lucienne erschrocken. Wenn die Erde bebt, stellt sie lieber praktische Fragen.

»Er ist in San Ángel geblieben. Ich schätze, er und Cristina treffen sich weiter. Sie vögeln. Diego macht, was er will. Der Gott Diego verlangt alle Freiheiten.«

»Malt er?«

»Ja, er hat ein paar Fresken angefangen.«

»Und du? Malst du auch?«

»Ich? Ich was? Ich nichts, ich bin ein Nichts, Lucy.«

»Du hast seit einem Jahr kein Bild mehr gemalt?«

»Eines!«

»Und was für eins?«

»Eine Frau, die mit Dutzenden Messerstichen ermordet worden ist. Sie liegt auf einem Bett. Völlig nackt. Bis auf einen Schuh mit Absatz. Und einen Strumpf mit Spitzen … Ihr Mörder steht neben ihr, blutverschmiert. Ich habe überall Blut gemalt, sogar auf den Rahmen. Es spritzt!«

Anita kommt, um Frida auf die Tanzfläche zu holen, sie steht würdevoll und verloren auf, nimmt einen Schluck aus einem Fläschchen, das sie unter ihrer Bluse versteckt hat. Ein eigenes Rezept, das sie in harmlose Eau-de-Cologne-Flaschen füllt.

»Das Bild trägt den Titel *Unos cuantos piquetitos*, ein paar kleine Stiche. Sarkastisch, oder? Weißt du, was ich empfunden habe, als ich sie gesehen habe, Diego und Cristina?« – »Nein«, murmelt Lucienne. »Du kennst doch die Menschenopfer der Azteken …«, Frida macht die Bewegung des Rausreißens von Eingeweiden. Anschaulich. »Wenn der Priester das warme, schlagende Herz herausreißt? Das ist es«, sagt sie lachend und zeigt Lucienne Bloch ein barockes Lächeln, bevor sie sich von ihrer Freundin fortziehen lässt. Wie tanzt man zwischen Vulkanen? Darunter?

Die Freundin Anita, Anita Brenner, einzigartig mit ihrer Adlernase, ihren großen, an ein antikes Volk erinnernden Augen, ihren mit braunem Stift nachgezogenen Brauen und dem Mund einer griechischen Göttin – auch sie ähnelt einem Mann in diesem Tanzlokal, sie zieht Frida am Arm, um sie dem Gespräch und dem Stapel getrunkener Gläser zu entreißen. Doch bevor sie ihr folgt, beugt sich Frida zu Lucienne hinüber und sagt ihr leise ein wichtiges Geheimnis ins Ohr: »Eines Abends war es für mich vorbei, Lucy, ich hatte beschlossen, Schluss zu machen, verstehst du? *¿Entiendes? Terminado, Frida Kahlo!* Aber dann musste ich mich übergeben, alles kam hoch, und so bin ich immer noch da.«

Frida redet wirr, die Augen halb geschlossen, und lässt sich zur Tanzfläche führen. Die Frauen wiegen sich sanft inmitten der tanzenden Körper. Frida sucht nach Worten. Sie möchte etwas Wichtiges sagen. Sie nähert sich Lucienne.

»Das Problem ist, dass Diego von aller Welt und dem ganzen Jahrhundert geliebt werden will.«

»Und du, Frida?«

»Ich will von Diego Rivera geliebt werden.«

Gelb der Sonnenfinsternis

Ein letzter Strahl, stärker als die anderen,
vor dem Schwarz

Frida schreibt einen Brief an Diego. Sie will ihn in *Niuyork* abschicken, obwohl sie in einigen Tagen wieder in Mexiko ist, in Coyoacán, wo sie ihn sehen, ihm den Brief persönlich übergeben oder ihm alles sagen kann, was ihr durch den Kopf geht, aber nein, besser sie schreibt ihm und dieser Brief kommt von woanders, von einer glücklich entfernten, unabhängigen, selbstbestimmten, geheimnisumwobenen Frida, aus der Stadt, die er so geliebt hat, ihm alles sagen, dass er ihr mehr fehlt als ihre Lebenslust, dass es vielleicht dumm von ihr war, ihm so böse zu sein, dass sie Cristina verzeiht. Dass sie gar nicht so eifersüchtig ist, wie er glaubt. Sie will ihm erzählen, dass sie sich in New York köstlich amüsiert, sich mit dem Trinken zurückhält, schon in Diegos Lieblingsrestaurants war, viel Krimskrams gekauft hat, aber nicht zu viel, das schwöre ich dir, mein Liebster, dass sie auf dem Hinflug große Angst hatte, wie gelähmt war, dachte, sie würde jetzt sterben, sterben, ohne sich mit ihm versöhnt zu haben, unvorstellbar. Sie möchte ihm mitteilen, dass sie ihn im Grunde versteht, ja, dass sie vielleicht die einzige Frau ist, die ihn versteht, dass sie Zeit mit Bertram und Ella Wolfe verbracht hat, sie dächten oft an ihn, Bertram arbeite an seiner Biografie, der Biografie des großen

Rivera, dass Anita die Stadt kenne wie niemand sonst und ihr ganz irre Straßen gezeigt habe, sie habe ja hier studiert, an der Columbia, und sie hätten viel über seine, Diegos, Malerei gesprochen, sie habe umwerfende Ansichten, sei superintelligent und auch der Meinung, Frida solle ihre eigenen Bilder ausstellen, warum nicht in den Vereinigten Staaten? Ob er etwas über Lucienne erfahren wolle? Es gehe ihr bestens, Stephen auch, dass sie sich ein Kind wünschen, dass sie Lucienne gesagt hat, dass sie unbedingt seine Patin werden will. Ob Diego sich noch daran erinnert, wie sie beide in Detroit Lithografien gemacht haben, Lucienne und sie, dass die Ergebnisse eine furchtbare Katastrophe waren, aber Lucienne habe die Lithos aufbewahrt. Sie habe sie Frida gezeigt, ein komisches Gefühl. Es war nach ihrer Fehlgeburt, sie hatte sich mit ihrem Fötus Dieguito und einer Palette in der Hand dargestellt, als wäre auch sie *una gran pintora*, sie hatte auch das Gehirn des kleinen Dieguito gemalt und auch ihr Gehirn. Das hatte sie ganz vergessen. Sie habe Doktor Leo Eloesser gebeten, ihr einen Fötus zu besorgen, sie hätte gern einen Fötus in dem blauen Haus gehabt, um mit ihm zu sprechen und ihn aufzubewahren. Er versprach, einen zu besorgen, in einem Glas, das sie mitnehmen könne. Weißt du noch, wie wir mit Edsel Ford auf dem Dach des Institute of Arts die Sonnenfinsternis beobachtet haben? Lucienne hat diesen Moment fotografiert. Frida gefiel das Ganze nicht, wurde ihr schwindelig? Nein, es hatte ihr nicht gefallen, der Sonne nicht ins Auge blicken zu können, sie streng genommen nicht sehen zu können, sie vielleicht nur sehen zu können, wenn sie verschwand. Und wie geht es ihm? Malt er, isst er gut, fehlt Frida ihm? Anita hat ihr eine seltsame Geschichte erzählt, sie hat gesagt, dass die Europäerinnen im Mittelalter in Rot heirateten, der Farbe, welche auch die der Prostituierten war. Irre, oder? Und deine Augen, Diego, wie geht es ihnen? Frida macht sich solche Sorgen um seine Augen, nachdem er die Infektion hatte, er muss aufpassen. Frida hat mit ein wenig Rot geheiratet. Ihrem Schal. Erinnerst du dich, Diego? Eigentlich ist vor meinen Augen alles ohne Farbe, wenn ich es nicht mit dir zusammen sehe, über allem liegt ein Grau, das sogar den Gesang der Papageien erstickt, es gibt keine Konturen mehr, ich male für dich, damit du dir anschaust, was in meinem Kopf ist, damit du eines Tages meine Unglücksbilder kaufst, ich esse nur für dich, Diego, damit du hören kannst, was in meinem Bauch vor sich geht, und über die Höhlengeräusche in meinen Eingeweiden lachen kannst, ich weine für dich, Diego, auf meinen Bildern, erstarrte Tränen, damit du mein Herz beobachten kannst, wie es, glaube ich, in der Bibel heißt. Öffne dein Herz und schaue es an. Du bist mein Kind, mein Feuer, mein Lausbub, meine Seele, ich fürchte, dass du dich nicht wäschst, wenn ich nicht da bin, und niemand dir den Rücken schrubbt. Ich bin immer noch deine Zauberin, oder? Deine *Chiquita*, die sich in der Tasche deiner Malerschürze ganz klein macht, deine zu Kompott zerquetschte Märtyrerin, die all ihren Speichel benutzt, um dich mit Küssen zu verspeisen.

Hör mir gut zu, *Carasapo*, Froschgesicht, *ich glaube, dass ich im Grunde etwas dumm bin und fast wie eine Hündin, weil alle diese Dinge passiert sind und in den sieben Jahren, in denen wir zusammenlebten, immer wieder vorkamen, und alle meine Wutausbrüche haben mich dazu gebracht, besser zu verstehen, dass ich dich mehr liebe als mein Leben, und auch wenn du mich nicht genauso liebst, so liebst du mich doch ein wenig, oder? Wenn es nicht so ist, bleibt mir die Hoffnung, dass es so sein könnte, und das genügt mir … Liebe mich ein ganz kleines bisschen. Ich liebe dich sehr.*

Frida

Goldgelb

Glühendes Gelb, poetisch und blendend

Heute Nachmittag fahren Frida und Cristina nach Xochimilco, sie nehmen die beiden Kinder Tonio und Isolda mit. Die langen nachmittäglichen Ausflüge sind zu einem heiligen Ritual geworden. Sie haben Körbe mit Tontellern, Truthahn mit *mole*, *pulque*, Agavensaft und frische Tortillas eingepackt. Sie fahren mit Diegos Auto, Cristi sitzt am Steuer, sie erkunden die Dorfmärkte und picknicken im Freien, dort, wo es ihnen gerade gefällt. Frida braucht Blumen, Wasser und Bohnenfelder um sich herum. Sie pflückt Blumen, gräbt kleine Kakteen aus, die sie später im Garten des blauen Hauses wieder einpflanzt, und hebt hübsche Steine und schön geformte Holzstücke auf, die sie in ihre Taschen steckt. Manchmal halten sie an, und Frida verteilt Almosen an die Armen. Sie hat ein Buch von Walt Whitman mitgenommen und liest den Kindern einige Passagen vor, während sie im Boot an Blumen und hängenden Gärten vorbeifahren, *So sieh deine eigne Gestalt und dein Antlitz, Menschen, Stoffe, Tiere, die Bäume, die fließenden Ströme, die Felsen, den Sand am Meer.* Frida kann nicht anders, als für Neffen und Nichten an den Ständen Spielsachen und Süßigkeiten zu kaufen, ihr Vergnügen soll bis zum Abend dauern. Die Kleinen drücken sich zärtlich an ihre Lieblingstante, in ihren Augen eine Mischung aus Priesterin und aztekischer Prinzessin.

Seit sie mit Diego Frieden geschlossen hat, trägt Frida wieder ihre Tehuanaröcke und Oaxacablusen. Ihr Haar ist wieder gewachsen.

Sie liebt ihre Schwester jetzt inniger als zuvor, sie braucht sie, erneut sind sie Vertraute, ein gegenseitiges Rettungsfloß vor dem, was Frida poetische Motive nennt. Liebesleid. Wenn schmerzliche Themen auftauchen, lachen sie einvernehmlich darüber, mit zunehmend schwarzem Humor, beide Geliebte und Opfer desselben Mannes, doch beide bewahren in ihrem einsamen Inneren Momente, in denen das Lachen nicht mehr genug Schutz bietet, dann öffnet sich ihre Brust und lässt sühnevollen Kummer entweichen.

Frida erzählt Cristi von dem Bild, das sie gerade beendet. Ein Familienbild wie ein Stammbaum. Frida steht als kleines Mädchen überdimensional groß inmitten des blauen Hauses, im Patio, der sich unter ihren nackten Füßen wie ein Spielfeld ausbreitet, in der Hand hält sie ein Band, von dem die Porträts ihrer Vorfahren ausgehen. Ihre Mutter Matilde trägt ihr weißes Hochzeitskleid, das Frida verschmäht hat, und fasst Vater Guillermo an den Schultern. Aus dem Hochzeitskleid hängt eine Nabelschnur heraus, die das künftige Baby ernährt, und darüber die Großeltern: rechts zum Meer hin die europäischen Eltern ihres Vaters, links zur Erde hin die mexikanischen Eltern der Mutter.

»Da bist ja nur du auf dem Bild. Wo sind wir, deine Schwestern, die fünf anderen Mädchen?«, fragt Cristi amüsiert.

»Ja, im Moment bin da nur ich.«

»Zwischen Land und Meer, wirst du dadurch zum Mittelpunkt der Welt?«

Der Morgen ist für Diego reserviert. Frida frühstückt mit ihm, Mexikaner haben einen Raum nur für diese Mahlzeit, den *desayunador*, ein wichtiger Unterschied. Das Haus *als ein anderes Gesicht dessen, der es bewohnt*. Das Paar bespricht die Pläne für den Tag und liest sich gegenseitig Briefe vor. Mehr auf Berührung aus denn je, setzt sich Frida, wilde kleine anschmiegsame Katze, auf Diegos Schoß, küsst ihn auf den Mund und streichelt ihn zwischen zwei Tassen Kaffee, wie ein anhänglicher und treuer Hund, der Angst hat, verlassen zu werden. Unaufhörlich berührt sie ihren Ehemann wie einen Talisman, um das Schicksal zu beschwören. Dann geht Diego zur Arbeit in sein Atelier oder zum Ort eines Auftrags. Gelegentlich unternimmt er auch Ausflüge, in Begleitung von ihn bewundernden Fräuleins. Frida denkt, es sei völlig falsch, dass man sich nie ändert. Wir ändern uns dauernd, entsprechend den aufeinanderfolgenden Schichten schrecklicher oder erheiternder Gefühle, die in uns abgelagert sind. Ganz zutreffend ist das nicht. Manche ändern sich nie. Es bedeutet ihnen nichts, sie sind tief in festen Gewissheiten verwurzelt. Und das Leben reflektiert in seinem täglichen Spiegel, wie der Dichter Velarde schreiben könnte, den Frida sehr mag.

Frida sucht das Weite. Wer vorgewarnt ist, kann nicht verraten werden. Auch sie gönnt sich Gefühlsabenteuer. Zum Ausgleich, sagt sie sich. Man muss sich auch ein bisschen selbst belügen, oder? Ihre Schwester Luisa leiht Frida ihr Zimmer in der Nähe des Metropolitan-Kinos für ihre heimlichen Liebesabenteuer. Sie macht es diskret, denn *el maestro* amüsiert sich zwar über Fridas sapphische Neigungen, aber den Gedanken männlicher Eroberungen erträgt er nicht.

Der große Maler zückt ohne Zögern seine Pistole und wütet, um jeden Rivalen mit dem Tod zu bedrohen.

Krankhafte Eifersucht.

Interessant, oder?

Rotgelb

Sonnenuntergang durchbrochen

Ihre Hände gleiten über seinen knorrigen Körper, trockene Haut wie polierte Rinde, sie fährt über die hervorspringenden Schulterblätter, ihre beiden Körper formen sich gemeinsam, suchen Gleichschritt und Vollendung, sie kneift ihn zärtlich in den Rücken, streicht an seinen Rippen entlang, über seine Unebenheiten, seinen muskulösen Hintern, drückt ihn fester an sich, beschleunigt den Rhythmus, als ob nichts wäre, ein Impuls, der Liebhaber lässt es sich gefallen, ein professioneller Redner im Stehen, doch bei der Liebe ist Leo stumm zurückhaltend, *religiös*, mit einem Schwung dreht Frida das Spiel um, gewinnt die Oberhand, ohne den Rhythmus zu stören, ihre nackten Brüste schraffiert von ihren schwarzen Haaren, die wieder da sind, und ein paar Bändern, die sich mit dem Herzanfall ihrer warmen Körper verheddert haben, einen Moment beherrscht sie ihn, ihre Geschlechtsteile flüstern, wilde Schweißausbrüche; mit der Hand ergreift sie sein schönes, strenges Gesicht und dreht es auf die Seite, um ihn zu zwingen, nicht nur zu schauen, sondern mit seinen eigenen Bildern ihren gemeinsamen reglosen Aufstieg zu zweit vorwegzunehmen und bis zur Unendlichkeit zu spüren, mehr, mehr, härtere Hüften, spitz, epileptisches Becken, angespannte Gelenke, doppeltes Verlangen lebender Materie, die Gesichter suchen einander mit geschlossenen Augen, letzte Atemzüge weiten sich aus, »Frida!«, röchelt Trotzki auf Russisch, Französisch und Spanisch, dieser Mann ist polyglott, er kommt, ein Sturz, sie atmet tief, Hauch eingehaucht, vorbei.

Leo kleidet sich wieder an, Frida zieht ihm die Kleider zurecht, er muss weiterarbeiten. »Ich habe dir ein Buch mitgebracht«, sagt er und legt mit einer Spur Feierlichkeit einen Band auf den Tisch. Er bringt ihr ein Buch mit wie jedes Mal, sorgt sich um die Erhebung ihrer Seele, vielleicht, und möchte ihr den richtigen Weg des Geistes weisen, wer weiß, oder es ist nur die traditionelle Geste eines Austauschs, ich nehme von dir und ich gebe dir. »Ich habe das letzte noch nicht ausgelesen, mein Alter. Du hast es mir erst gestern geschenkt.« Während sie dies sagt, zündet sie sich eine Zigarette an, er hasst das, er bedeutet ihr, dass Frauen nicht rauchen sollen, und ärgert sich wahrscheinlich, dass er es mag, wenn Frida gegen seine Verbote verstößt.

»Ich sollte dir beibringen, *zapateado* zu tanzen.«

»Ich bin kein großer Tänzer, Frida. Zapateado, was ist das überhaupt?«

»Das ist ein Tanz für stolze Männer. Man tanzt ihn allein. Dein Sekretär Jean ist ein sehr guter Tänzer.«

»Tatsächlich?«

»Ja, er begleitet Cristi und mich oft in den Salón México.«

Frida gibt sich unbekümmert, vitale Ironie. Als sei sie eine Verkörperung des Tragischen, die jegliche Tragödie hasst. Trotzki betrachtet die noch ganz benommene Frau mit den entblößten Brüsten, absolute Herrscherin über ihre Sinne, schamlose Verführerin, von unergründlichen Schmerzen wie gelähmt. Wie soll man sich Mexiko vorstellen, bevor man dort gelandet ist, wie soll man sich Frida Kahlo vorstellen, wenn man nie für eine Stunde des Vergessens vor ihr auf die Knie gesunken ist?

Ein solches Paar ist ihm noch nie begegnet. Ein geschlossener Kreis von zweien, ein wildes, stürmisches Duo, freigiebig bis zum Äußersten. Pilger und Lügner. Ohne Grenzen, ohne Scham, ohne Anstand. Sie: eine gefährliche Katze, die auf Liebkosungen aus ist und die Welt lenkt. Er: Hochmut, Hybris und Genie. *Diego y Frida*. Unzertrennlich.

Als Trotzki endlich Norwegen verlassen konnte und an Bord des Tankers *Ruth* in den Hafen von Tampico einfuhr, wartete sie am Landesteg auf ihn, Frida Kahlo in einem wunderschönen, gerade geschnittenen und geschlitzten Kleid, und schien ihm zu sagen, willkommen in Mexiko, willkommen bei mir. Du bist gerettet. Du bist verloren.

Eine Vision wie im Opiumrausch.

Frida nimmt sich Liebhaber, die ganz anders sind als Diego. Zuerst wurde sie von Männern angezogen, die eine gewisse Ähnlichkeit mit ihrem elefantenhaften Liebsten hatten, Maler, Vielredner oder Genießer, aber bald tötete der grausame Vergleich das Spiel und alle Illusionen. Sie bemüht sich nun um große Unterschiede, wenn sie Diego betrügt, doch um ihn wiederzufinden, über sich hinausgewachsen durch Gegner, die nie auf seiner Augenhöhe sein werden.

Körperliche Liebe ist nicht viel wert, geht sie nicht mit einem schwindelerregenden Seufzen einher, auch wenn es nur gefälscht ist.

Sie hat schöne Gesichter und Freundlichkeit gesammelt, hat sich von ein paar Bravourakten und jungen Wildheiten betäuben lassen. In den Armen dieser Männer hat Frida sich nicht geliebt gefühlt, jedoch *unentbehrlich*, für ein paar Sekunden.

Diego verlangt von ihr, allein zu leben, sie gibt sich Mühe dabei. Eine letzte Gefälligkeit. Für dich werde ich mit anderen leben, du lässt mir ja keine Wahl.

Trotzki? Einen schärferen Kontrast zu Diego hätte sie nicht finden können. Asketisch, ruhig, maßvoll. Ist diese Wahl nicht ein wenig pervers? Sie überlegt. Ist das ihre Antwort auf Cristinas nicht wiedergutzumachenden Verrat? Diego hat sich bei Präsident Cárdenas persönlich dafür eingesetzt, dass Trotzki und seine Frau in Mexiko Asyl finden. Diego hat Frida gebeten, ihnen im blauen Haus Unterschlupf zu gewähren, Diego hat sie dazu gedrängt, das Paar am Hafen in Tampico zu empfangen.

Diego Rivera, ihr trotzkistischer Ehemann.

An ihren Liebhabern schätzt sie, dass diese, wenn sie in ihr graben, mit der Spitzhacke oder dem Rüssel, dort immer nur Diego finden.

Neulich bei einem Abendessen in der *Casa azul*, es stand allen offen und es mischten sich dort enge Freunde, Neugierige und Intellektuelle jeglicher Couleur – Natalia und Leo Trotzki waren dabei –, sprach ihr betrunkener Mann einen unvergesslichen Satz aus. Wie immer gab er ein Schauspiel zum Besten, unterhielt sein Publikum mit amüsanten erfundenen Anekdoten, pikanten Geschichten; beiläufig sagte er während seines Auftritts zu seinem Tischnachbarn:

»Wenn ich eine Frau liebe, tue ich ihr weh. Ja, ich glaube, je mehr ich eine Frau liebe, desto mehr tue ich ihr weh.«

Er brach in wildes Lachen aus.

Frida wurde es kalt. Innerlich. Unter den Rippen. Diego hat die Besonderheit, es zu genießen wie einen köstlichen Saft, wenn er seinem Gesprächspartner einen kalten Schauer über den Rücken jagt, wenn er zum Beispiel genussvoll seine Rezepte mit Menschenfleisch erläutert. Was er wirklich denkt, ist unergründlich. Wahrscheinlich sogar für ihn. Diego achtet nicht darauf, was in Diego vorgeht. Diego lebt einfach und erzählt seine großartigen Leben, und die Geschichten, die er erzählt, müssen weder wahr sein noch mit etwas in Zusammenhang stehen. Seine Grausamkeit ist eine Maske, denkt Frida.

Ein Kunstwerk.

Ein paar Tage zuvor war Leo Trotzki allein in Diegos Atelier. Sie hatten sich verabredet, um über einen Text zu sprechen, den sie gemeinsam veröffentlichen wollten. Ein Manifest. Diego kam zu spät, Leo setzte sich also hin und wartete, er ließ seinen intelligenten Blick über die wilde Vielfalt in der Werkstatt des Künstlers schweifen, das Durcheinander von Ton, Onyx und polierten Glasgefäßen, präkolumbianischen Figuren, Skizzen, Malutensilien, diversen Fläschchen, riesigen Puppen aus Pappmaschee, von den Mexikanern Judaspuppen genannt, die sie zu Ostern in den Straßen in die Luft jagen. Auch ein paar begonnene Gemälde, nebeneinander an einer Wand der erste Entwurf zu einem Fresko und ein kleines Bild von Frida.

Erstaunt nimmt Leo die nah zusammenstehenden gegensätzlichen Universen wahr. Auf der einen Seite Diegos Welt, gigantisch, eine Flut von Figuren jeglicher Gesellschaftsklassen und Epochen, in einem wimmelnden Ballett voller Symbole. Politiker, Zapata und Pancho Villa, großartige Arbeiter mit kräftigen, vitalen Körpern, Bourgeois, Kapitalisten mit verzerrten Gesichtern, Mütter, Väter, Indianer, Amerikaner, Europäer, Kinder, Quellen, Maschinen, Böden, Bäume, Jahreszeiten, Wurzeln, die Welt, alle Welten: Die Wände aller Gebäude Mexikos würden nicht ausreichen, um die unermesslichen Visionen Riveras aufzunehmen.

Auf der anderen Seite ein Selbstporträt von Frida. Die flüchtige Zerbrechlichkeit der Anmut, ein einziges Gesicht, wie ein Kind, das immer wieder dasselbe malt und dem es Erleichterung verschafft, wenn es endlos das immer gleiche Thema darstellt. Ein Gesicht und ein Körper ohne Bewegung, ohne Perspektive, erstarrt, an einem Dekor festgemacht, eine versteinerte Frau wie eine Puppe, die nicht gehen kann. Ein verborgener Schmerz, der jegliches Weiterkommen verhindert. Keine Geste zur Welt hin, nur dieses Gesicht wie ein Exorzismus.

Wie können sich zwei so absolut unterschiedliche Maler mit solcher Raserei lieben?

Riveras Welt: marxistisch, glorreiche Revolution mit künftigem Sieg, das Voranschreiten der Geschichte, auch der Geist des Systems, der Mensch als Teil eines Ganzen verschiedener Klassen, eher Figuren als Menschen, ohne eigenes Gesicht, Soldaten, die für eine Sache kämpfen, ewig junge Körper.

Fridas Welt wehrt sich gegen jegliches Systemdenken, eine Frau, die Frau, ihr Leid, Einsamkeit in der Wüste, der unversehrbare Teil des Menschen, ein existenzieller Schmerz.

Der soziale Mensch gegenüber dem Einzigartigen, für Trotzki eine politische Irritation. Er, der Anführer der Massen, ein politisches Geschöpf, ein marxistischer Theoretiker. Es überkommt ihn etwas wie Zweifel. Niemals würde der Staat das Gesicht, das er auf Fridas Bild sieht, formen können.

Und doch, je mehr er Fridas Porträt und das Fresko von Diego miteinander vergleicht, desto mehr spricht ihn das einsame Gesicht an, das Gesicht, das nicht das von Frida Kahlo ist, sondern das des Anderen schlechthin, das unbeugsame Andere, das Andere als Spiegel, aber auch als fundamentales Gegenüber, das fordert, wahrgenommen zu werden, das

Mitleid verlangt, das buchstäblich dazu auffordert, mit ihm zu leiden.

Frida, unverzeihlicher Eigensinn.

Frida, das Andere.

Die gemalten Augen der winzigen Puppe ohne Bewegung und Perspektive scheinen für einen Moment das Wissen der Menschheit zu sein.

Fridas Augen.

Blitzgelb

Blendender Pfeil des Neon

Heute Abend ist Frida Königin. Alle und jeder schwirren um sie herum, die Stadt gehört ihr, *Niuyork, mi amor*, du hast auf mich gewartet, da bin ich. Sie schaut sich den Katalog ihrer ersten eigenen Ausstellung an. *Ausstellung Frida Kahlo*, fünfundzwanzig Bilder, unübersehbar. Auch Frida Rivera steht da in kleinen Buchstaben und in Klammern. Seit einem Jahr hat sie so viel gemalt wie nie. Sie arbeitet nicht mehr im Kleid, sondern im blauen Kittel und in Bluejeans. Früher hatte sie sich nie gestattet, ihre Malerei als richtige Arbeit anzusehen wie Diego. Malen ist eine Facette von ihr neben anderen, ein Teil ihrer Persönlichkeit wie das ständige Fluchen, das Sammeln von Puppen oder das Misstrauen gegenüber Leuten, die sich ernst nehmen. Die Malerei ist ein Ort auf der Weltkarte ihres Charakters. Heilig, denn sie kann sich dort hineinflüchten und Worte finden. Mittlerweile sind ihre Bilder eine notwendige Betätigung, jeden Tag. Weil sie dadurch, dass sie sich von Diego entfernt hat, Raum gewonnen hat? Oder ist es eine neue Verbindung zwischen ihnen? Je mehr sie malt, desto mehr sucht und bewundert Diego sie. »Spuck in deine kleinen Hände und mach etwas, das alle anderen in den Schatten stellt, so wirst du mein großer Drache«, schreibt ihr Mann ihr. Es ist nicht Fridas Traum, ein großer Drache zu sein, aber je mehr sie malt, desto präziser wird ihre Technik, sie spürt in ihren Fingern die Kraft, einen Schatten unter einen müden Blick zu setzen, und wie ein Komma in einem Gedicht, das aufschreit, trifft eine Spur von Farbe sofort ihr Ziel.

Frida malt in einem Zug, so wie man eine kleine weiße Wand mit einem Trompe-l'Œil-Fenster bedeckt. Sie fängt oben an und entrollt ihren Stoff wellenartig, als wollte sie im Blick der anderen erzeugen, was sie in ihrem Kopf sieht. Die Konturen sind rasch gezogen, sie ist eine Malerin der Farben und des Flusses, als kleidete sie ihr Bild an, drapierte es, schnitte daran, zöge es zurecht, um die Bewohner ihres Geistes gut anzuziehen. Sie liebt das Detail, das Mikroskopische, vergisst das Ganze und die Komposition, wenn ihre Finger vorsichtig mit dem feinen Pinsel die Farbe einer Blume, einen winzigen verdrehten Fuß, die schwarzen Knopfaugen eines Papageis zeichnen. Sie bekleckst sich kaum, zerzaust nicht ihr Haar, sie ist mitten in einer Autopsie, bei einer Miniatur, einem chirurgischen Schnitt. Wenn die Leute in ihren Bildern einen verborgenen Sinn entdecken, muss sie lachen, kann nicht umhin, sie zu enttäuschen, sie malt nur, was sie sieht. Und was man sieht, reißt aus und bewegt sich, so muss sie oft malen, um mitzuhalten. Sie malt ihr Gesicht immer und immer und immer wieder, weil ihr das Paradox keine Ruhe lässt: Sie betrachtet im Spiegel das Gesicht, das sie nie wirklich gesehen hat, weil sie es ja überallhin trägt, um zu sehen. Ist sie die Einzige, die darunter leidet, dass sie ihr eigenes Gesicht nicht direkt sehen kann, und weiß, dass es immer so sein wird? Dass sie immer nur eine Spiegelung von sich selbst, das heißt ein Bild von sich sieht? Frida ist fasziniert von dem großen Unterschied zwischen dem ersten Mal, dass man jemanden sieht, und der Wahrnehmung von ihm, wenn er einem vertraut ist. Die Abweichung ist erstaunlich. Man sieht diese Menschen nie wieder so wie am Anfang, vorbei, verschwunden. Ein Gesicht zu zeichnen bedeutet, vergangene Zeit zu zeichnen. Sie würde gern Diego so malen können, wie sie ihn zum ersten Mal gesehen hat. Um ihn aufzubewahren, den unmöglichen gegenwärtigen Moment. Die Leute halten sie manchmal für etwas dumm oder ungebildet. Das ist ihr nur recht. Sie hat wahrscheinlich mehr Bücher gelesen als die meisten Spötter, doch zum Malen braucht sie keine Bücher, sie helfen ihr nicht, wenn sie einen Pinsel in den Emailbecher taucht und mit einem neuen Gesicht anfängt. Sie hat nicht das Bedürfnis, ihnen zu sagen, dass sie die Malerei von Hieronymus Bosch, Piero della Francesca oder Paul Klee mag, dass sie Paul Gauguin oder den Zöllner Rousseau bewundert. Wenn sie zwei Vögel malt, von denen der eine schwarz und der andere weiß ist, will sie damit nichts zum Ausdruck bringen, verfolgt keines der ehrgeizigen Ziele, welche die Kunsttheoretiker mit ihren allzu gespreizten Worten beschreiben. Sie hat in diesem Augenblick zwei Vögel gesehen, durchs Fenster oder in ihrem Kopf, und sie setzten sich auf das, was sie gerade malte. Und sie waren schwarz und weiß, *güey*.

Wenn sie ihr Bild mit dem Titel *Was mir das Wasser gab* zeigt (man sieht darauf Beine in einer Badewanne mit rotlackierten Zehen auf der weißen Keramik), fragen sich die Leute nach der Bedeutung dieser unvorstellbaren Ansammlung von Symbolen im Wasser auf ihrem Bild: ein schwimmendes Kleid, ein ausbrechender Vulkan, ein Hochhaus, zwei nackte Frauen, eine Muschel voller Löcher, ein toter Vogel, ein liegender Mann mit antiker Maske, eine Spinne, ein Wurm, eine Tänzerin, Fäden, eine erwürgte Frau, Blumen, ein Schiff … Was soll ich sagen? Ich bin in meiner Badewanne, schaue mir die Beine an, die mich verraten, ich sehe auf meine Füße voller Narben, den Nagellack, den ich selbst auf die armen Füße aufgetragen habe, um sie schöner zu machen, und im Wasser kommt all der Zirkus in Dämpfen zum Ausdruck, was ich im Wasser sehe, ist die fliehende Zeit, mein Leben, so wie jeder seins sehen kann, wenn er in einer Badewanne ertrinkt!

Sie malt nicht, um geliebt zu werden. Sie ist durchsichtig, das heißt, sie öffnet weit das Fenster zu ihrem Inneren.

Als ihr der amerikanische Galerist Julien Levy anbot, ihre Bilder auszustellen, verstand sie es erst nicht. Sie glaubte, es sei ein Scherz. Ihre Bilder zeigen wollen? Nur sie? Sie hat schon an ein paar Sammelausstellungen in Mexiko teilgenommen, doch eine eigene *Frida-Kahlo*-Ausstellung, noch dazu in den Vereinigten Staaten, das erschien ihr undenkbar. Ja, vollkommen verrückt. *Gringolandia* sinkt vor ihr auf die Knie. In ihrem Land war das nie passiert.

Glänzendes schwarzes Haar bringt eine breite strenge Stirn zur Geltung, die schöne schwarze Augen schützen soll, ein geschlitzter, ferner Blick, ein anspruchsvoll verzogener Mund, starke Worte, unterstrichen durch ein breites jugendliches Grübchen, der Galerist Julien Levy ist ganz reizend. Wie aus Versehen. Er beeindruckt Frida durch seine Intelligenz, seine Willenskraft und seine Schönheit. Dieser Mann kann stundenlang über Fotografie reden, er hat seine Galerie eröffnet, um diese Leidenschaft zu stillen, bevor er auch Malerei dazunahm. 1931 eine Fotogalerie zu eröffnen ist unüberlegt. Oder sehr mutig, *caballero*. Er hat Frida Abzüge von Man Ray, Atget und Henri Cartier-Bresson gezeigt. Julien hat ein paar Jahre in Paris gelebt, dort hat er alle Werke des Franzosen Eugène

Atget gesammelt. Frida ist berührt von diesem Fotografen, der sie an ihren Vater erinnert: Er ist akribisch, lehnt jegliche Unschärfe ab, sieht sich eher als Handwerker und Zeitzeugen denn als Künstler. Sie hat Julien von ihrem Vater Guillermo erzählt: Berufsfotograf von an Wahnsinn grenzender Akribie, er hat Frida die Technik beigebracht, als sie noch ein Kind war. Levy würde gern die Fotos des Vaters sehen: »Vielleicht ist er ein großer Künstler und weiß bloß nichts davon, Frida. Ein mexikanischer Atget!«

Julien kann auch selber fotografieren, das hat er bei einer improvisierten Sitzung bewiesen, auf der er sie mit entblößter Brust, Zigarette im Mund und halb aufgelösten Zöpfen eingefangen hat. Schwitzen und Kavalkaden.

Diego hat sie niemals nackt gemalt. Er hat Frida lediglich im roten Hemd der Kommunistin und im Tehuanakleid porträtiert. Seine Ex-Frau Lupe und Cristina hingegen hat er ganz nackt dargestellt, die Myriade anderer flüchtiger Bekanntschaften nicht mitgezählt. Frida hat sich immer gefragt, warum. Liegt es an ihrem Körper? Sind ihre Brüste nicht allegorisch genug? Julien Levy hatte dieses Problem nicht.

Die Vernissage findet heute Abend statt, und allein das ist ein Ereignis. Julien hat Begrüßungscocktails vorbereitet. Die Amerikaner und ihre *cocktelitos*, immer das Gleiche. Ganz New York redet von der Mexikanerin mit dem ausgerissenen Herzen und ihrem Kauderwelsch knalliger Farben. Eine echte Sensation. Sie ist unwiderstehlich, geht zu allen Festen, aber nie lange. Wenn man sie sucht, ist sie schon verschwunden. Die verborgene Wahrheit ist, dass sie sich den Reiz großer Auftritte nicht entgehen lassen will, das Vergnügen, wie ein Blitz auf der Netzhaut der schönen Mondänen aufzutauchen, aber ihr Körper gibt schnell nach, sie hat immer weniger Widerstandskräfte. Sie glänzt für einen kurzen Augenblick und geht, um ihren schwachen Körper auszuruhen und vor allem Gerede zu bewahren.

In den nächsten Monaten ist eine Ausstellung von Fridas Bildern in Paris geplant, unter Leitung von André Breton, und eine weitere in London! Sie ist einunddreißig – offiziell achtundzwanzig –, sie ist allein in den USA, aber diesmal nicht auf der Flucht vor ihrem riverischen Kummer, sondern als Objekt der Begierde der kleinen Kunstwelt. Im wörtlichen wie übertragenen Sinn. Sie flirtet mit allen, verführt drei Männer zugleich, fünf oder acht. Ihre Lenden sind erregt von den Gesprächen mit zündenden Andeutungen, sie führt sich auf wie ein Freudenmädchen, redet lauter als alle anderen, betont ihren Akzent, damit ihr ungeschliffenes Englisch sexy klingt, schockiert die Leute, wo es nur geht, Sirene in verführerischen Posen, sie streichelt im Vorübergehen Arme, Wangen und Lippen, als ob nichts wäre, verspricht alles, und ihre Nächte enden mit dem einen oder anderen je nach Laune. Sie webt an ihrer Legende und ihrem schlechten Ruf. Was für ein Vergnügen war doch jener Abend in Fallingwater, wohin Julien Levy sie mitgenommen hat, um sie einem seiner wichtigsten Kunden vorzustellen, Mister Edgar Kaufmann. Beim Abendessen hat Frida mit Levy, seinem Gast und dessen Sohn reihum geflirtet, mitten in der Nacht treffen alle drei Männer auf der Treppe zusammen, die zum Zimmer der Verführerin hinaufgeht. Ein peinlicher Augenblick für die Gentlemen. Julien macht das Rennen.

Sie trägt ihre schönsten Kleider, die amerikanischen Kinder auf den Straßen glauben, sie sei einem Zirkus entlaufen, in gewisser Weise haben sie recht, sie ist das Sahnehäubchen auf dem Kuchen bei jeder Party, betörend und lächerlich.

Sie fühlt sich wie Diego.

Endlich.

Zehn Jahre hatte sie sich in den riesigen Schatten ihres Mannes geflüchtet, ein fast komisches Missverständnis. Eine Merkwürdigkeit. Ist es das, so zu sein wie du, mein beleibter Gott? Der zu sein, auf den man hofft, den man bewundert, liebt, umwirbt, den man strahlen sehen möchte. Der, der erobert, der sich ausbreitet. Wenn ich du bin, kann ich dich noch lieben, alles verstehen, wir können dieselbe Luft atmen.

Wenn Diego in einer Menge nach ihr Ausschau hält, pfeift er laut den Anfang der *Internationalen*, so lange, bis sie sich irgendwo aus der Masse erhebt und sich den Weg zu seiner Musiknote, seinem Violinschlüssel bahnt.

André Breton, der mit seiner Frau Jacqueline ein paar Monate in Mexiko verbracht und bei ihr und Diego in San Ángel gewohnt hatte, hat das Vorwort für den Katalog ihrer New Yorker Ausstellung geschrieben. Julien Levy, der die Arbeit der Pariser Künstler bestens kennt, war sehr geschmeichelt. Ein Vorwort des *gran poeta del surrealismo* kann man nicht ablehnen, Frida. Doch Breton ist anstrengend. Frida findet ihn völlig daneben und zu sehr von sich überzeugt. Sie hat den Eindruck, er sitze oben auf seinem von ihm selbst erbauten surrealistischen Tempel und verteile allen Plus- und Minuspunkte. Breton spricht von ihr als einem *um eine Bombe gelegten Band*, darüber hat Frida gelacht, diese Formel hat eingeschlagen, sie wird in allen Artikeln wiederholt, warum auch nicht, aber was sie stört, ist das Formelhafte daran. Wenn man ihn reden hört, könnte man meinen, er habe als Erster Mexiko entdeckt! Er *liebt* das Land, weil es *ein surrealistisches Land* ist! Vielen Dank, Mexiko ging es sehr gut, bevor André *Cortés* Breton auftauchte und auf alles mit seinem surrealistischen Zauberstab deutete.

Er hat nichts begriffen, er sieht alles falsch. Frida malt weder ihre Träume noch ihr Unterbewusstes, sie malt eine innere Notwendigkeit. Die Wahrheit ihrer Verzweiflung. Sie braucht kein Etikett und keine Deutungen. Was sie an ihm mag, ist seine Frau. Das muss man ihm lassen. Jacqueline Lamba. Jacqueline mit ihrem unvergleichlichen Sinn für Humor, die jeden Tag rettet, der Bach Jacqueline, in dem man sich angenehm tummeln kann. Plätschern souveräner Haut.

Julien Levy Gallery, 30. Oktober 1938. Großer Menschenandrang. Ein tintenblauer Himmel, von den letzten orangen Blitzen einer hinter den Wolkenkratzern verschwundenen Sonne gesprenkelt, fällt auf die *15 East 57th Street.* Die schicke und halbseidene High Society ist hergekommen, Charade im Smoking und tief ausgeschnittenem Kleid. Es sind Journalisten, Kunstkritiker, Maler und Berühmtheiten da. Und ein paar Freunde. Man schiebt und drückt sich an den weißen Wänden entlang, an denen die hell erleuchteten Bilder der *pintora* hängen. Der schwarze Fußboden mutet dagegen an wie ein Meer in der Nacht, das sie alle verschlingen könnte. Man trinkt Manhattans aus Kristallgläsern, Cocktails, feinsten Whisky mit Wermut und einem Tropfen Bitter.

Nach einer Weile flüstert Julien Frida mit schelmischer Erregung ins Ohr, die Hälfte der Bilder sei bereits verkauft. Ihre Bilder verkaufen? Ihr Brot verdienen? Der Gedanke versetzt sie in einen Taumel. Das bedeutet, sie kann ohne Diego leben und die schon lange verteilten Karten werden neu gemischt.

Hat Ehre etwas Berauschendes?

Sie schwirrt durch die Räume, genießt es, Diva zu sein, sieht nicht ihre Bilder an, sondern die vielen Leute, die ihre Bilder ansehen. Die Armada von Voyeuren, die sie nackt unter allen Kleidern mustern würden. Sie springt von einer Unterhaltung zur nächsten, beginnt Sätze, die sie nie zu Ende bringt, Wörter, die in der durch die animalische Versammlung der zu zahlreichen Gäste aufgeheizten Luft hängen bleiben, sie raubt Zärtlichkeiten, schickt Küsse an flüchtige Bekannte. Sie sieht, wie sich eine Geschichte schreibt, die weder falsch noch wahr und dessen Heldin sie ist.

Nickolas Muray möchte gern ein Bild erwerben. Nickolas, der ihr von den Liebhabern der liebste ist.

Auch er fängt Frida gern mit seinem Objektiv ein. Aus allen möglichen Blickwinkeln. Er ist ein angesehener Fotograf und arbeitet für *Vanity Fair* und *Harper's Bazaar*, er hat das Charisma eines Dompteurs und zugleich den vieldeutigen Charme einer früheren Schüchternheit. Sein Lächeln könnte die Trennung der Kontinente rückgängig machen, Frida liebt die Zärtlichkeit in seinen Armen, seine hohe Stirn und seine klugen Augen. Er ist brillant, amüsant, ihm fehlt der hurenhafte Zynismus, der sie bei den New Yorker Intellektuellen so sehr stört. Frida hat ihn vor ein paar Jahren in Mexiko kennengelernt, danach trafen sie sich immer wieder zufällig. Sie wollte diesen gutaussehenden ungarischen Juden, der dreimal geschieden war. Er hat ihr bei der Vorbereitung der New Yorker Ausstellung geholfen, ihre Bilder für den Katalog fotografiert und für ihren Transport in die USA gesorgt. Nach und nach ist er zu ihrer wichtigsten Liaison geworden. Sie schaffen sich gemeinsame Rituale: schlafen auf demselben bestickten Kopfkissen, berühren gleichzeitig das Feueralarmsignal am Ausgang seines Apartments, was Glück bringen soll, geben den Bäumen im Central Park Namen, küssen sich und lesen dabei die Straßenschilder. Er sieht in ihr nicht Frida, sondern Xochitl, eine Göttin. Er möchte sie heiraten. Er wird besitzergreifend. Heute Abend scheint er verärgert, weil Frida mit ihren Verführungsnummern allen den Kopf verdreht, keinem gehört und sich an die Männer ranschmeißt. Der reizende Nick, so sanft, dass er es mit Diego aufnehmen und das riesige Loch in ihrer Brust ausfüllen könnte. In einem anderen Leben.

Mit einer anderen Frida.

Vor ihrer Abreise hat Diego ihr eine Liste von *wichtigen* Leuten aufgeschrieben, die sie umgarnen soll, um den Einfluss des Rivera-Paars zu mehren. Ihnen immer glänzendere Horizonte zu öffnen. Sogar an die Rockefellers hat er gedacht. Im Krieg sind alle Mittel recht. Er hat von Mexiko aus jede Menge Empfehlungsschreiben verschickt. Es gefällt ihm, dass seine Frau bewundert wird. Er hat über sie geschrieben: »Ich möchte sie Ihnen empfehlen, nicht, weil ich ihr Mann bin, sondern als großer Bewunderer ihrer Arbeiten, die zugleich beißend und zärtlich sind, kalt wie Stahl, fein und zerbrechlich wie ein Schmetterlingsflügel, bezaubernd wie ein schönes Lächeln, tiefsinnig und grausam wie das Leben selbst.« Sie weinte, als sie das las, ein wenig, weil sie überwältigt war, dass er so von ihr denken konnte, ein wenig, weil er über alles, was er will, gut schreiben kann, der Koloss Rivera, und doch ist er nicht gekommen, um Frida Kahlos sehr, sehr großen Erfolg mitzuerleben.

Mondgelb

Gespenstischer Wirbel

Am Abend der Vernissage geht Frida ein Ereignis nicht mehr aus dem Kopf. Es ist bei der schicken Boheme um sie herum in aller Munde. Vor ein paar Tagen hat sich eine Freundin in New York das Leben genommen. Frida nennt sie Freundin, wie all jene, deren Schicksal ihr zu Herzen geht, doch sie kannte diese Frau, Dorothy Hale, nicht besonders gut. Sie hatte sie vor einigen Jahren im Ritz Theatre am Broadway spielen sehen, als sie mit Diego hier lebte. Wer Dorothy zum ersten Mal sah, war von ihrer Schönheit wie erschlagen. Diese Schönheit war atemberaubend. Wie eine Last auf ihren Schultern von antiker Anmut. Ein Gesicht, bei dem einem der Atem stockt und alle Gespräche verstummen, ein idealer Körper für feuchte Phantasmen während frivoler Shows. Sie war keine große Schauspielerin, aber sehr amüsant, und Frida hatte so manchen köstlichen Abend mit der heiteren Halbweltdame verbracht, die immer bereit war, sich ins Vergnügen zu stürzen.

Nick war eng mit ihr befreundet, er berichtet Frida heute Abend, was im Einzelnen passiert ist. Dorothy wurde Anfang der 30er-Jahre plötzlich Witwe, als ihr Mann, der Muralist William Gardner Hale, in seinem Austin tödlich verunglückte. Wagen und Fahrer stürzten eine Klippe hinunter. Mit gebrochenem Herzen und ohne einen Cent in der Tasche – ein komfortabler Lebensstil war für sie bis dahin eine Selbstverständlichkeit gewesen – beschloss Dorothy, Schauspielerin zu werden. Ein *Star*. Meinten die Leute nicht, sie sei schöner als Greta Garbo? Doch sie hatte kein Talent und wohl auch kein Glück. Sämtliche Versuche, beim Theater oder beim Film unterzukommen, scheiterten. Mit dem Mut der Verzweiflung begann sie ein rastloses Leben, mit rauschenden Festen, auf denen Frida ihr begegnete, mit Liebhabern und Schulden bei ihren treuesten Freunden fristete sie ihr Leben. Es wurde gemunkelt, sie habe beinahe einen wichtigen Berater von Franklin D. Roosevelt geheiratet, die Klatschpresse verkündete bereits die Verlobung, vermeldete aber gleich darauf genüsslich, dass die schöne Dorothy im Handumdrehen abserviert und gegen eine ehrbarere Frau ausgetauscht worden war. Der Präsident persönlich habe das Todesurteil ihrer Heiratspläne unterzeichnet, um eine Mesalliance zu verhindern.

Das Leben ist *politisch*.

Nick fährt in verschwörerischem Ton fort: Einen Monat zuvor hatte Dorothy bei einem Freund Rat und Hilfe gesucht, und dieser Freund, Bernie Baruch, hatte ihr ins Gesicht gesagt, dass sie mit dreiunddreißig für eine Karriere zu alt sei. Der einzige Ausweg, versicherte ihr Bernie, sei es, einen Mann zu finden, und zwar schnell. *Noch sind Sie schön.* Bernie gab ihr tausend Dollar und trug ihr auf, sich ein prächtiges Kleid zu kaufen, um sich einen dicken Fisch zu angeln.

Dorothy nahm das Geld.

Am 21. Oktober 1938, eine Woche vor Fridas Vernissage, lud Dorothy ihre Freunde zu einer Party ein, angeblich, weil sie für einige Zeit verreisen wollte. Wohin, verriet sie nicht, es sei weit weg und geheim. Man fragte nicht weiter nach. Der *goodbye cocktail* fand in ihrer hübschen Suite im Hampshire

House statt. Ein gemütliches Nest mit herrlichem Ausblick, seit Monaten mit dem Geld bezahlt, das ihr treue Freunde geliehen hatten.

Die Party war gegen ein Uhr morgens zu Ende. Ja, ungefähr um Viertel nach eins. Im Morgengrauen kletterte Dorothy in ihrem schwarzen Samtkleid – ihrem Lieblingskleid –, hochhackigen silberglänzenden Schuhen und geschminkt, als wolle sie zum Casting ihrer Träume nach Hollywood gehen, über den Fenstersims, vielleicht holte sie noch einmal tief Luft, warf einen Blick auf New York, *one last time*, und stürzte aus dem sechzehnten Stock in die Leere.

Cheers, my friends.

Der Bildhauer Isamu Noguchi, auch auf Fridas Vernissage (er ist ein ehemaliger Liebhaber von ihr), ergänzt ernst die von Nick erzählten Details: Er war auf Dorothys Abschiedsparty. »Aber was hat sie dir gesagt?«, fragt Frida ganz aufgeregt. »Wie hat sie sich an dem Abend benommen?« – »Sie war wie immer«, entgegnet Isamu heiter, »locker, leicht, charmant. Wir haben alles Mögliche erzählt, getanzt, gelacht. Sie war dieselbe wie immer: ein wenig zerstreut, ein bisschen schräg, sehr hübsch. Ich glaube, das Letzte, was sie sagte, bevor wir gingen, war: ›So, kein Wodka mehr da.‹« Mit düster murmelnder Stimme fügt er hinzu: »Sie ist mit dem kleinen gelben Rosenstrauß gesprungen, den ich ihr mitgebracht hatte. Sie hat ihn an ihre Brust geheftet. In der Zeitung habe ich gelesen, dass sie nach dem Sturz kaum zerstört war. Ihr Gesicht war unversehrt. Ihre Augen standen weit offen.«

»Ihr Gesicht unversehrt«, ruft Nick aus, »nach so einem Sturz ist das unmöglich.«

Bis zum Schluss klebte die Schönheit an ihrer Haut wie trübes Wasser, denkt Frida. Dorothy hatte mit Noguchi geschlafen, wahrscheinlich auch mit Nick. Damit hatten sie zwei Dinge gemeinsam, denkt sie, mit dem Kopf gar nicht mehr bei ihrer Vernissage. Sie und Dorothy waren gleich alt. Frida ist seltsam erregt, spürt, wie sie ein unwiderstehlicher Drang überkommt. Warum stürzt man sich aus dem Fenster, wenn einen der Körper nicht schmerzt? Schmerzen in allen Nerven, juckende Haut, so stark, dass es ein Ende haben muss. Die offene Tür, die eine Lösung für alles ist und selbst die Vorstellung von Zeit auflöst.

Als sie mit Nick wieder allein ist, erklärt sie erregt, dass sie den Tod von Dorothy Hale malen wird.

Pariser Himmelgelb

Schimmern über der Seine

Frida unterhält sich in einer Ecke mit Jacqueline Lamba, ihr Wiedersehen war zärtlich, wie es Liebhabern vorbehalten ist. Sie hat New York nach Silvester den Rücken gekehrt und Nick mit Bedauern zurückgelassen. Das Jahr 1939 beginnt für sie in jener Stadt am anderen Ende der Welt. Paris. Rummel. Enge. Unbekanntes, beängstigendes Fieber. Seit ihrer Ankunft wohnt sie bei Jacqueline und André Breton in der Rue Fontaine 42. Sie ist mittendrin, am Montmartre, mit dem ihr Diego ständig in den Ohren gelegen hat, heroische Jugenderinnerungen und Kämpfe mit unverstandenen Genies. Sie hat den Eindruck, die Geschichten besser zu kennen als Breton, der ihr in ständigem Redefluss erzählt, gleich nebenan hätte Degas gelebt und auch Toulouse-Lautrec, Bizet habe seine *Carmen* im Haus Nr. 26 komponiert *et cetera.* Versteckt hinter einem Theater mit dem schillernden Namen *Aux menus plaisirs* wohnt das Ehepaar Breton in einer kleinen Atelierwohnung im vierten Stock. Der reinste Trödelladen! Keine Stelle an den Wänden mit bröckelndem Putz, an der nicht Gemälde von Freunden, Fotografien und afrikanische Masken hängen, überall Bücherstapel und ein riesiges, von einer Reise mitgebrachtes Idol. Würde ihr Breton nicht so auf die Nerven gehen, könnte Frida an diesem Chaos fast Gefallen finden. Jeden Abend drängen sich viele Leute in der übervollen Wohnung zwischen dem durchgesessenen Canapé, dem bollernden Ofen und behelfsmäßigen Hockern. André zählt seine Truppen, auf Frida wirkt er wie ein König, der von seinen Hofnarren umgeben ist. König wovon überhaupt? Diese französischen Intellektuellen sind ihrer Meinung nach lächerlich. Sie scheinen mit sich selbst zufrieden auf ihrem verrottenden Land, dem alten, degenerierten Europa, mit Franco in Spanien, Mussolini in Italien und Hitler in Deutschland, es ist von drohendem Krieg die Rede, und sie halten von früh bis spät sinnlose Reden, lungern selbstzufrieden in Cafés herum, ziehen von einem Bistro ins nächste, tun nichts anderes, als mit den unmöglichsten Wörtern Gespräche zu führen und gemächlich in ihren Tassen zu rühren. Die Surrealisten. Nichts als ein Haufen pedantischer Schwätzer, ihrer Meinung nach. Frida hasst sie. Sie hasst auch diese schummrige Wohnung, in der sie auf einem Behelfsbett schläft, zwischen Bergen vollgekritzelter Zettel und wackligen Möbeln, sie hasst Paris und die französische Sprache, die sie nicht versteht! Breton hatte ihr eine Ausstellung ihrer Bilder versprochen, aber es passiert einfach nichts. Er hat ihre Bilder nicht abgeholt, die noch immer beim Zoll lagern, er hat keine Galerie für die Ausstellung gefunden, und kein Geld. Er hat sogar Frida gebeten, ihm welches zu leihen. Sie ist nun schon seit drei Wochen hier und kommt sich vor wie in einer Falle, weit weg von Diego, dem sie Brief um Brief schreibt, mit Lippenstift und bunten Federn verziert. Er schreibt ihr zurück, sie solle durchhalten, auch wenn nichts stattfinde, den Duft der *bistros*, der mitten in der Nacht gebackenen Croissants in sich aufnehmen, die Tanzlokale und Konzerte in der Rue de Douai besuchen, picknicken, auf dem Cimetière de Montmartre Blumen pflücken, mit anderen Worten das Leben in der Stadt genießen, die *er* geliebt hat.

Zum Glück hat Frida Jacqueline, ihre aufreizend blonde Vertraute in all dieser Fremdheit, die sich zärtlich um sie kümmert wie um ihre liebste Freundin und manchmal noch mehr, unter den leicht fassungslosen Blicken ihres Mannes. Heute Abend sprechen die beiden Frauen über ein Bild, das Frida auf dem Schiff während der Überfahrt nach Frankreich zu Ende gemalt hat. Sie würde es gern auf ihrer Ausstellung zeigen, sofern *señor* Breton endlich seinen Hintern bewegt, um einen geeigneten Ort zu finden. Es ist das Bild über Dorothy Hales Freitod. Nach ihrer Vernissage in New York hat Frida ein langes Gespräch mit Clare Luce, einer engen Freundin von Dorothy, geführt, die bereit war, bei ihr ein Porträt der verstorbenen jungen Frau zu bestellen. Sie möchte es Dorothys Mutter schenken. Clare ist die Chefredakteurin von *Vanity Fair*. Sie stand *la belle morte* sehr nah, und eines Abends, als sie mit Frida einen *last drink* nahm, um über die Sache zu reden, vertraute Clare ihr ein Geheimnis an, das ihr zu schaffen macht. Sie war diejenige, die Dorothy Geld lieh. Die Situation fing an, sie zu belasten, und so drängte sie Dorothy, sich nach einem bezahlten Job umzusehen, ihre glamouröse Lethargie aufzugeben. Sie hatte ihr auch geraten, bei Bernie Baruch vorbeizuschauen, damit er Arbeit für sie findet.

Ein paar Tage ging Clare bummeln, kam zufällig bei Bergdorf Goodman vorbei und sah sich die Modelle an. Ihr Blick fiel auf ein atemberaubendes Abendkleid, das bei den »Bestellungen« hing. Es war unverschämt teuer, und die geschwätzige Verkäuferin verriet ihr, dass Miss Dorothy Hale es kürzlich in Auftrag gegeben habe. Clare war wütend. Das für ihre Miete geliehene Geld verjubelte sie für Luxuskleider? Was für ein krimineller Leichtsinn von Dorothy! Als diese sie am nächsten Tag anrief und zu ihrer angeblichen Abschiedsparty einlud, lehnte Clare die Einladung ab. Sie erklärte, sie habe keine Zeit. Eigentlich hatte sie ihr sagen wollen, dass sie wahnsinnig wütend auf sie sei, doch sie zeigte ihr nur die kalte Schulter und sagte, sie habe keine Zeit. Dorothy fragte Clare dennoch, welches Kleid sie am besten anziehen solle. Clare bremste angesichts dieser Lappalie ihren Zorn, riet ihr aber, das schwarze Samtkleid anzuziehen, das ihr so gut stehe. Da Dorothy für einige Zeit wegfuhr, würde sie sowieso aufhören, sich bei ihr Geld zu leihen. Wozu also noch einen Streit anfangen, bei dem sie sich überwerfen würden.

An diesem Abend stürzte sich Dorothy aus dem Fenster.

Clare weinte, während sie Frida dies erzählte. Sie fügte hinzu, dass Bernie ihr später die Details von ihrer letzten Begegnung verraten habe, auch seinen Rat an Dorothy, sich ein prächtiges Kleid zu kaufen, um einen Mann zu finden, dazu ein Geschenk von tausend Dollar.

Das berühmte Kleid von Bergdorf Goodman, das Dorothy *in fine* nie wieder anziehen konnte.

Frida erzählt Jacqueline die ganze Geschichte, während sie ihr das Bild zeigt. Die Geschichte einer Frau, der man sagt, dass sie zu nichts anderem taugt als dazu, ein bisschen die Nutte zu spielen, um sich einen Ehemann anzulachen, eine Frau, deren Leuchten und Verlust in diesem hübschen Gesichtchen eingeschlossen sind. Das Bild zeigt die vertikale Majestät von Hampshire House, das die ganze Höhe des Gemäldes einnimmt, in unheimliche Nebelschwaden getaucht, die jeglichen urbanen Horizont verdecken. Hinten sieht man einen winzigen Körper, der aus einem Fenster fällt, das ein wenig größer ist als die anderen, einen Flecken in Form eines Menschen, den Kopf noch nach oben gerichtet; auf mittlerer Ebene wird im Nebel verschwommen der Körper einer Frau sichtbar, diesmal mit dem Kopf nach unten, im Sturz, ihr Gesicht ist gleichmütig, ein wunderschönes Gesicht.

Vorne liegt Dorothy Hale wie auf einer Theaterbühne am Boden, ruht beinahe in den Armen des Betrachters. Sie hat ihre Schuhe verloren, ein Fuß ragt aus dem Bild heraus, als würde sie noch weiter fallen, aber diesmal aus dem Gemälde, wie eine Einladung, diesen Fuß zu streicheln, um ihn zu wärmen. Ihr Gesicht ist *unversehrt*, eine Kinomadonna, die einem in die Augen schaut, eine schuldhafte Perfektion, lediglich getrübt durch das feine Blutrinnsal, das von ihrem rechten Ohr über ihre Wange zum Mund läuft. Sie trägt ein schwarzes Kleid. Festgesteckt an ihrem Dekolleté, prächtig und noch lebendig die gelben Rosen aus dem Strauß.

Das Blut fließt bis über den Rahmen. Das Blut der Frauen, *Du bist schön, also schweig*, befremdet von dem unbändigen Begehren, das sie selbst wecken.

»So ein Bild habe ich noch nie gesehen, Frida.«

»Ich habe ein trauriges Porträt gemalt, Jacqueline, das Porträt von Dorothy Hale.«

Breton ruft die beiden Frauen, sie sollen aufhören, sich abzusondern, ihn irritiert das vertrauliche Gespräch, das ihn ausschließt, wie alles, was sich seiner Kontrolle entzieht. Die zehn Männer, die in der Zweizimmerwohnung der Bretons versammelt sind, sitzen inmitten voller Aschenbecher und Bordeauxflaschen und spielen *Cadavre exquis*, da schlägt André etwas anderes vor: das Wahrheitsspiel. Dabei geht es darum, möglichst indiskrete Fragen zu beantworten, und wer sich weigert, die Wahrheit zu sagen, wird bestraft. Frida ist bereit, sich der Herausforderung zu stellen. Paul Éluard fragt sie, wie alt sie ist. Frida entgegnet ruhig, nie würden sie eine Antwort auf diese Frage bekommen. Jetzt muss sie etwas machen! Eine Strafe, eine Strafe! »Sehr gut«, verkündet Breton Frida, »du musst dich mit dem Stuhl befriedigen, auf dem zu sitzt.«

Frida sagt nichts. Sie legt ihre Zigarette beiseite und zieht langsam ihre Röcke hoch. Zuerst sieht man ihre nackten Füße, Füßchen mit roten Nägeln, die beginnen, über die Sprossen des Stuhls zu streichen, affenhaftes Weibchen, giftig. Ohrenbetäubende Stille im Raum, die Mexikanerin gerät allmählich in Trance, sie betört die erhitzten Mienen, wogt zwischen den Armlehnen, sucht nach Formen, um sich an sie zu schmiegen, wiegt sich in einer Choreografie drängender Lust, die Spannung steigt, auch Fridas Schreie, immer lauter, die graziöse, geschmeidige Frau windet sich in einem beeindruckenden Körper an Körper mit einem unbelebten Objekt. Bis zum Höhepunkt.

Schön wie die zufällige Begegnung einer Nähmaschine und eines Regenschirms auf einem Seziertisch, könnte das Großmaul Breton begeistert ausrufen.

Die Herren Surrealisten schweigen.

»Noch eine Frage?«, fragt Frida mit schweißtriefendem Nacken.

Sonnenblumengelb

Die Sonne im Knopfloch

Der einzige Pariser, der vor Fridas Augen Gnade findet, ist Marcel Duchamp.

Der freundlichste und scharfsinnigste Mensch, dem sie begegnet ist, seit sie den Fuß in das *abscheuliche Paris* gesetzt hat, wie sie die Stadt nennt. Seine magnetische Intelligenz ist so natürlich und bezaubernd wie seine Einfachheit. Mit seinen grauen Augen von einem anderen Ufer, seinem schmalen Mund mit dem flüchtigen, amüsierten Grinsen ist Marcel ein Matador, verborgen hinter scheinbarer Scham und Diskretion, wunderbarer Humor und ein teuflischer Freiheitssinn runden das Bild dieses einfallsreichen und brillanten Mannes ab. Marcel findet ein Hotel, sodass sie bei den Bretons ausziehen kann – das Regina an der Place des Vosges –, Marcel entdeckt eine Galerie für ihre Ausstellung, befreit ihre Bilder aus dem Zollgewahrsam und fährt mit ihr zu den pikanten Ecken von Paris. Duchamp ist ein Zauberer *mit Strohflügeln*. Sie hatte schon von Julien Levy und Nick in New York von ihm gehört, wo er gelebt hat. Er hat sich dort einen prächtigen Namen gemacht und eine Menge gebrochener Herzen hinterlassen.

Marcel führt Frida in eine versteckte Wohnung in der Rue du Pélican, in der Nähe der Hallen, ein nettes, gammeliges Bordell, in dem sich charmante junge Damen und verliebte junge Herren treffen, zusammen mit heruntergekommenen Malern und Musikern, die sich unters Volk mischen und unter der Hand verkauften Absinth trinken. Frida findet den Ort wunderbar, an den Wänden hängen überall Zeichnungen, Männer spielen unter einem Baldachin Geige, sie bittet sie für ein paar Sous um spanische Lieder, wie sie es auf der Plaza Garibaldi in Mexiko, dem Treffpunkt der Mariachi, so gern macht. Dort ist auch ein herumturnendes Äffchen, das sie an Fulang Chang erinnert, den sie im blauen Haus gelassen hat.

»Frida, weißt du, woher der Straßenname Rue du Pélican kommt?«, fragt Marcel mit einem rätselhaften Lächeln in den Mundwinkeln.

»Gibt es vielleicht ein exotisches Vogelhaus in der Nähe?«

»Das könnte man meinen. Aber es ist eine Abwandlung des früheren Straßennamens: poil-au-con, Haar an der Fotze, denn hier ist seit dem Mittelalter die Prostituiertengegend. Ist dir aufgefallen, dass die Hausnummern rot auf die Fassaden gemalt sind?«

Frida nickt lachend.

»Eine Freundin hat mir einmal erzählt, dass die Frauen im Mittelalter in Rot geheiratet haben.«

»Frida, glaubst du, dass aus Farben Konventionen werden oder umgekehrt?«

»Ich weiß nicht, ob ich dich richtig verstehe. Aber ich glaube, dass sich Farben Konventionen entziehen.«

»Picasso hat einmal zu mir gesagt: Wenn ich kein Blau habe, nehme ich Rot.«

»Und wie hältst du es mit den Farben, Marcel?«

»Ich habe schon lange aufgehört zu malen, Frida, ich spiele lieber Schach.«

Frida entdeckt das *Bœuf sur le toit*, das zu ihrem Lieblingslokal wird. Die meisten Abende verbringt sie dort, schaut neidisch den Tänzern zu und trinkt in einer Ecke ihre Gläschen Champagner. Es ist so französisch hier. Garland Wilson, ein genialer schwarzer Musiker, spielt hier jeden Abend Klavier. Frida setzt sich neben ihn, schaut die ganze Nacht zu, wie seine Hände schnell auf die Tasten schlagen, und bittet ihn um bestimmte Lieder. Garland mag die kleine, energische, lustige Dame, die kein Wort Französisch spricht, viel trinkt und zu seinen Melodien improvisierte Texte schmettert. Er ist fasziniert, dass man den Tanz so lieben kann, wenn man selbst nicht tanzen kann. Im *Bœuf* ist Frida vor der Bande der Surrealisten sicher, hier ist die Bar von Cocteau, den sie nicht riechen können. Frida hat den Film *Das Blut eines Dichters* so sehr gemocht, dass sie überwältigt ist, als sie den Regisseur kennenlernt. Marcel hat sie einander vorgestellt, der Dichter muss ungefähr so alt sein wie Duchamp, um die fünfzig, aber mit der paradoxen Müdigkeit der ewigen Jugend in den Zügen, welche die Iris durch die Nebel unsichtbarer Welten verzehrt. Die beiden Männer könnten Brüder sein, beide so schlaksig. Jean Cocteau mustert Kahlo von oben bis unten und sagt dann: »Ich hätte dich für meinen Film nehmen sollen, du hättest perfekt ins Dekor der anderen Seite des Spiegels gepasst!«

Fridas Ausstellung nimmt allmählich Formen an. Der Termin steht fest, die Einladungen sind verschickt, Breton hat beschlossen, dass es eine Ausstellung über Mexiko wird, nicht nur mit den Bildern von Frida Kahlo. *Hijo de puta*. Sie findet ihn aufgeblasen. Hätte sie das gewusst, wäre sie nicht nach Frankreich, sondern zu ihrem Mann gefahren. Sie hat ihn seit Monaten nicht gesehen. Breton will auch präkolumbianische

Figuren ausstellen, die er sich von Diego geliehen hat, und allen möglichen anderen Kram, erstanden auf Märkten, als er in Mexiko war – er hat sogar Votivbilder aus Kirchen geklaut, weil er sie *surrealistisch* fand. Zwischen all dem Plunder will er Fridas Bilder aufhängen. Sie schäumt vor Wut. Es kommt ihr vor, als wären ihre Werke Teil eines Jahrmarkts oder eines Zoos. Ein kleines mexikanisches Sammelsurium, um bei den biederen Parisern exotische Gefühle zu wecken. Was sie am meisten ärgert: Dem Miteigentümer der Galerie gefallen Fridas Bilder nicht und er möchte nur eins oder zwei ausstellen. Das kommt nicht infrage. Was soll diese Konventionalität, diese Halbherzigkeit. Ist Paris nicht die Hauptstadt der Revolution moderner Kunst, *dixit* Diego, das Epizentrum der revolutionären Avantgarde? Hätten sie es gewagt, mit einem männlichen Maler so umzuspringen? Sie diskutiert darüber mit Jacqueline und Dora Maar, der Gefährtin von Picasso. Die drei sind bestürzt. Dora ist auch Malerin, außerdem Fotografin und Dichterin! Sie ist sehr schön, wie in einem Traum. Cremerote Lippen, denkt Frida, und geflügelte Augenbrauen wie ihre, aber Libellenflügel. Doch in den Augen dieses engen Milieus ist Dora nie etwas anderes als die Frau von Pablo, seine Muse und sein Modell, denkt Frida, der es nicht gelingt, Breton klarzumachen, dass sie in der Ausstellung nicht als *Frida Rivera* auftritt. Sie findet, dass die Surrealisten sich mit ihren Ukassen, Vorschriften und Indizierungen für Caesaren halten.

Sie will nach Hause, hat keine Lust mehr, diese absurde Vernissage abzuwarten, ihr fehlt die Luft zum Atmen. In aufgebrachten Telegrammen schüttet sie Diego ihr Herz aus, doch er denkt sich alle möglichen Argumente aus, um sie zum Bleiben zu überreden. Diese Ausstellung sei eine Weihe. Frida werde nun eine voll anerkannte Malerin, sie solle diese Anerkennung weiter ausbauen und den Paris-Aufenthalt nutzen. Paris sei der Mittelpunkt der Welt, verflucht noch mal! Und dann warte ja auch noch London auf sie!

Es ist ihr vollkommen egal. Sie verspürt nicht mehr den Rausch, den sie in New York erlebt hatte, durch Erfolge, Elogen und Liebhaber. Die Droge wirkt nicht mehr. Frida hätte sich gewünscht, dass Diego ihr sagt: »Komm, meine Liebste, komm sofort, ich kann nicht mehr ohne dich sein, ich gehe noch zugrunde.« Sie hat das dumpfe Gefühl, dass ihm ihre Abwesenheit gelegen kommt. Auch Nick ist in seinen Briefen recht distanziert. Im Schreiben ist er weniger leidenschaftlich als in New York, wo sie in Dessous auf seinem blauen Sofa lag. Also beträufelt sie ihre Briefe mit dem Parfum *Shocking* von Schiaparelli. *¿Y porqué no?*

Nächtliche Spaziergänge à la Verlaine und stürmische Partys können die Leere, die sie verspürt, nur teilweise ausfüllen – wie viele Feste kann man im Leben feiern, bis einen Bitterkeit überkommt? Etwas ist faul im Königreich der Stadt der Lichter, deren Größe so zusammengepresst ist, dass es nicht mal eine Wand für ein Fresko von Rivera gibt, so sehr drängen sich die Menschen in den kleinen Kneipen, wo es nach Knoblauch riecht, und laufen durch Straßen, aus denen der Himmel verbannt ist. Die Künstler um sie herum werden von einer Geschichte erdrückt, die zu reichhaltig ist, wie ihre saucenlastigen Speisen, an denen sie ersticken. Eine Sekte großer, zynischer Kinder, übersättigt von den Genies, die es vor ihnen gab.

Weizengelb

Farbe des Strohs
und Geruch von Erde

Frida betrachtet die beiden Puppen, die sie auf dem Markt von Saint-Ouen erstanden hat, eine dunkelhaarige und eine blonde, wie sie und Jacqueline. Sie lagen verlassen auf einem Stand herum, in schmutzigen Kleidern und mit von Staub bedeckten Porzellangesichtern. Sie hat sie gebadet und die Kleider geflickt. Eine wollte sie Jacqueline schenken, doch sie bringt es nicht übers Herz, das Paar zu trennen, sie kann nicht anders, und so wickelt sie die beiden vorsichtig ein, sie packt endlich ihre Koffer, endlich macht sie sich aus dem Staub.

Ohne Bedauern hat sie die Ausstellung in London abgesagt, die in der Galerie von Peggy Guggenheim stattfinden sollte. Doch hier riecht alles nach Krieg, spanische Flüchtlinge kommen massenhaft in Frankreich an, seit Frankreich und England im letzten Monat das Franco-Regime anerkannt haben, es ist ein Elend, ganze Familien in Lumpen sind in Durchgangslagern untergebracht. Frida setzt sich dafür ein, dass Mexiko diese Flüchtlinge aufnimmt.

Gestern hat in der Galerie Renou & Colle, die auch die von Salvador Dalí ist, die Vernissage stattgefunden. Die Vernissage der Ausstellung *Mexique*, um genau zu sein. Nach zähen Verhandlungen werden siebzehn ihrer Bilder gezeigt. Wassily Kandinsky und Joan Miró waren da und haben sie in die Arme geschlossen, als eine von ihnen. Jacqueline und Dora Maar finden, dass sie mit ihrer explosiven Malerei großen Eindruck gemacht hat. Der französische Staat hat für tausend Francs eins ihrer Gemälde erworben. Der Staat! Pablo Picasso hat ihr Ohrringe geschenkt, die zwei kleine Hände darstellen, die er selbst angefertigt hat, er hat sie geküsst und laut und sehr ernst zu ihr gesagt:

»Weder Derain noch ich, noch Diego Rivera werden je in der Lage sein, ein Gesicht so zu malen wie du, Frida Kahlo.«

Frida hat das Fest kaum genossen, wie nach einem schlechten Drink, der eine schon verblasste Freude in die Länge zieht. Mehrere Wochen hat sie mit heftigen Schmerzen im Amerikanischen Krankenhaus verbracht, mit Schmerzen und Übelkeit. Durch ihren Körper abgenutzt, der nie allzu lange vergisst, sie zu quälen. Sie fühlt sich in sich selbst eingesperrt, in Atemnot, nichts fühlt sich richtig an. Um sie herum ein Höllenlärm, was für eine Farce. Diego hat auf ihre letzten Briefe nicht geantwortet, Lucienne hat ihr geschrieben, dass Nick Muray, ihr Nick, bald heiraten wird. Was, schon wieder? Er hat doch schon dreimal geheiratet. Und wen? Was ist mit ihr, seiner Göttin Xochitl? Frida hat versucht, ihn anzurufen, doch er ist nicht ans Telefon gegangen. Frida sieht sich im Spiegel, wie sie verzweifelt versucht, einen Mann anzurufen, der schon fort ist. Eine Ersatzliebe, eine vorgetäuschte Liebe, um den eigentlichen Schiffbruch zu überwinden. Es ist schwer zu stürzen, wenn man Königin gewesen ist.

Nick hatte ihr in New York vor ihrer Abreise gesagt: »Frida, das Problem ist, dass man mit dir immer zu dritt ist. Und von diesen dreien gibt es nur dich und Diego.«

Sie fühlt sich alt. In den vergangenen Tagen hat sie es nur noch mühsam bis zum Louvre geschafft, wohin sie sich täglich begibt, um sich Bilder anzusehen. Als Marcel Duchamp sah, wie sie sich quälte, schlug er ihr vor, sich mit einem Stock zu behelfen. »Nach meinem Tod, *mi amor*, gehe ich vielleicht mit einem Stock«, antwortete sie ihm.

Jeden Tag schmückt sie ihr Haar mit ihren Bändern und zierlichen Kämmen, stiehlt frische Blumen aus den Hotelvasen und steckt sie dazu, sie wechselt ihre Ketten, den Schmuck, den Diego ihr geschenkt hat. Doch sie hat den Eindruck, feierlich ein Skelett anzukleiden. Sie ist nicht mehr richtig da. Sie hat Schmerzen, Schmerzen im ganzen Körper, Schmerzen überall im Kopf. Sie hat Angst. Eine unergründliche Angst, die ihr vom *breakfast* bis zur Abenddämmerung im Nacken sitzt und ein unheilvolles Tuch über Lichter und Farben legt. Sie denkt nur an Flucht – oder an das Ende. Seit dem Bild von Dorothy Hale hat sie nicht mehr gemalt.

Keinen Tropfen. Keine Träne.

Morgen nimmt sie in der Gare Saint-Lazare den Zug nach Le Havre. Dort wartet das Schiff *Normandie* auf sie, das sie zurück nach New York bringt. Dann nach Mexiko.

Nach Coyoacán, *dem Hafen der Langeweile, der so schön wird, wenn man weit fort ist.*

Ihr Lieblingsbild im Louvre ist *Der heilige Franziskus von Assisi empfängt die Stigmata* von Giotto. Das Fehlen von Schatten und Perspektive erinnert sie an ihre geliebten *retablos*. Und an ihre eigenen Bilder. Giotto, von dem Diego so oft gesprochen hatte, auf seiner Italienreise hatte er sich in die Fresken des florentinischen Malers verliebt. Als Diego dreißig war und sie ihn noch nicht kannte.

Als Frida Diego eroberte, war er schon über vierzig. Dieser Gedanke peinigt sie. Während sie wartet, dass die letzten Stunden vergehen, bis sie von hier verschwindet, betrübt dieser Gedanke sie. Vor ihr war er schon zweimal verheiratet, war durch ganz Europa und Russland gereist. Er hatte in Paris die Anfänge des Kubismus erlebt, Picasso war offenbar bettelarm, der Dichter Apollinaire lebte noch und war ein lustiger Geselle. Er hat mehrere Kinder, manche anerkannt, andere geleugnet. Wie viele Kinder? Wie viele Leben, Diego? Zu viel Leben. Das ist unerträglich. Sie wünscht sich, sie hätte Diego schon bei seiner Geburt kennengelernt, lebte überall in ihm. Wäre seine Zwillingsschwester. Würde sich seine Erinnerungen aneignen. Wie konnte er ohne sie leben? Und atmen?

Manches Mal hat Frida vor Franz von Assisi gesessen und ihn betrachtet. Offenbar war er vor seiner Konvertierung recht ausschweifend und sehr krank.

Das Gesicht des heiligen Mannes wird in dem Moment, in dem er die Stigmata erhält, für Frida das eines Bruders im Menschsein.

Winterliches Jasmingelb

Vernarrtheit einer
einsamen Blume

»Aber schau doch, was du erreicht hast, Fisita. Ich habe die New Yorker Artikel gelesen. Du bist *mejor pintora que cualquier pintor* und ›eine so beachtliche wie mysteriöse Malerin‹.«

»Das *Time Magazine* schrieb von der ›kleinen Frida mit dem finsteren Blick‹, als ob ich ein Kind wäre. Oder schlimmer, eine Ehefrau.«

»Nein, sie sind es nur nicht gewohnt, dass eine Frau Bilder malt, die einen an der Gurgel packen. Und die *Vogue*! Das Foto deiner Hände voller Ringe in der *Vogue*!«

»Die *New York Times* meint, dass meine Themen eher Obstetrik als Ästhetik sind.«

»Das würde ich an deiner Stelle als Kompliment auffassen.«

»Jetzt hör aber auf, Diego.«

»Warum? Weißt du, dass Picasso mir geschrieben hat, um mir zu sagen, dass er dich restlos bewundert?«

»Hast du mir schon gesagt.«

»Warum bist du nach deiner Rückkehr aus Paris nicht noch in New York geblieben? Julien Levy hatte doch jede Menge Pläne mit dir.«

»Clare Luce, die Redakteurin von *Vanity Fair*, ist in Ohnmacht gefallen, als sie mein Bild von Dorothy Hales Suizid gesehen hat. Sie hasst mich. Sie hält mich für eine Irre. Was hat sie denn erwartet? Ein feines Bild von Dorothys hübschem Gesicht? Isamu Noguchi hat mir erzählt, dass sie mein Bild mit dem Messer zerfetzen wollte und er sie daran gehindert hat.«

»Erzähl mir bloß nichts von Noguchi, Frida.«

»Wenn du so eifersüchtig bist, warum bist du dann enttäuscht, dass ich nicht in den USA geblieben bin?«

»Weil du dabei bist, dir einen Ruf zu erwerben und dein Talent zu entfalten. Und ausgerechnet jetzt, wo die Leute anfangen, sich für Frida Kahlo zu interessieren, wo sie anfangen zu begreifen, dass du einer der wichtigsten Künstler unserer Zeit bist, versteckst du dich hier in Coyoacán, mit deinen Puppen, Tieren und deinem Gespensterglauben, statt dich in die Arena zu werfen, zu kämpfen und an Bedeutung zu gewinnen.«

»Was willst du denn? Ich bin nicht du, Diego, ich hab's versucht, aber ich bin nicht du. Ich habe keine Lust, berühmt zu werden. Mir ist die Arena egal, auch die Bourgeois, die einen in den Hintern kneifen, ich baue mir keine Karriere auf. Kämpfe ich etwa nicht, Diego? Ich verbringe die Hälfte meines Lebens im Krankenhaus und lasse an mir herumschnippeln, als wäre ich Fleisch in der Auslage eines Metzgers. Ich bin nicht krank, ich bin gebrochen! In Paris dachte ich, ich sterbe. Mir tut ständig alles weh, ich weiß gar nicht mehr, wie es ist, wenn einem nichts wehtut, weder der Rücken noch die Hände, noch die Beine, noch der Bauch. Ich habe keine Füße, ich habe Hufe, man hat mir die Zehen weggenommen, ich humple; im Nachtlokal kann ich beim Tanzen nur noch zuschauen. Meine Fehlgeburten zähle ich schon gar nicht mehr.

Vier, fünf oder sechs? Und du sagst, dass ich nicht kämpfe? Ich lebe seit zehn Jahren mit dir, und du sagst, dass ich nicht kämpfe!«

»Na gut, *mi amor*, jetzt kannst du dich ausruhen.«

»Wieso?«

»Ich will mich scheiden lassen.«

Schlüsselblumengelb

Farbe des Wahnsinns

Frida hat sich hingesetzt und eine Zigarette angezündet. Eine Lucky Strike. Ihre bevorzugte Marke, die sie aus New York mitgebracht hat, denn hier sind sie zu selten und sehr teuer. Nun raucht sie schon die dritte in tiefem Schweigen. Diego sitzt reglos da. Wahrscheinlich wartet er auf eine Reaktion von ihr, dass sie etwas sagt. Sie sagt nichts. Sie kann nichts mehr sagen. Sie starrt die Wand an, während sie raucht, die blaue Küchenwand, an der lauter kleine Tonschalen hängen, so angeordnet, dass sie ihre beiden Namen bilden: *Diego und Frida*. Sie schaut den Papagei Bonito an, dem sie manchmal Tequila zu trinken gibt und die derbsten spanischen Flüche beibringt, da steht ein großer Tisch mit Blumen, die Frida jeden Tag wechselt, da sind die Affen Fulang Chan und Caimito de Guayabal, die ständig die Essensvorräte stibitzen, wenn sie sich nicht gerade wie besitzergreifende Liebhaber oder Neugeborene an ihren Hals hängen, mit Obst, das sie auf dem Markt kauft und in geflochtene Körbe legt, wie ein Füllhorn auf Renaissancebildern. Die Küche ist ihr Lieblingsraum. Wohnzimmer sind etwas für blasierte Europäer, findet sie, und hier in der Küche mit den gelb verfärbten Fliesen empfängt sie Gäste, dabei kocht sie mit Begeisterung, aber ohne Zeremonie inmitten von Limetten, Avocados und heiligen Kräutern; die Zeremonie ist sie selbst, ihre Kleider und Schmuckstücke, ihre Goldzähne, ihre Lieder und Aussprachefehler, ihre exzentrischen Ideen und ihr Gehabe einer verdorbenen Verführerin, ihre grenzenlose Zuneigung zu jedem, jeder, jedem Gegenstand.

»Niemals, Diego.«

Endlich hat sie geredet. Sie hat etwas gesagt. Wie ein Reflex, ohne nachzudenken. Sie versteht nicht, was er von ihr fordert, sie will es nicht mal versuchen.

»Das wird nichts ändern, Frida. Wir werden uns dauernd sehen, wir gehen weiter zusammen ins Theater, zeigen uns unsere Bilder und reden miteinander, aber ohne uns wehzutun.«

»Du tust mir weh.«

»Gut, du wirst geschützt sein.«

»Ich kann alles eher ertragen als *das*, Diego.«

»Was meinst du mit *das*?«

»Dich nicht mehr zu haben.«

»Genau. Und das ist unerträglich.«

Fridas Augen weinen unaufhörlich. Kein Wimmern, kein Schluchzen. Nur der Strom stummer Tränen, so wie sie sie auf den Bildern darstellt. Diego ärgert sich über dieses nicht endende Leid, das jedes Geräusch unterdrückt.

»Bist du traurig, Frida? Ich weiß. Du warst dein ganzes Leben lang traurig. Habe ich dich belogen? Nein, ich habe dich nicht belogen. Du wusstest, wer ich bin, als du dich mit deinem Mädchenkleid vor meinem Gerüst aufgebaut hast. Und weißt du was? Ich habe bemerkt, je mehr du gelitten hast, desto besser hast du gemalt. Ich tu dir also einen Gefallen.«

»Du bist ein Monster!«

»Oh, das Monster, das habe ich doch schon mal gehört, *el monstruo*! Von Lupe, Angelina und wer weiß wie vielen anderen! Willst du, dass ich eins bin? Dann hör mir gut zu: Ich habe lieber mit deiner Schwester gevögelt als mit dir. Tut dir das weh? Gefällt dir der Schmerz? Fühlst du dich lebendig? Willst du noch mehr?«

Außer sich vor Wut packt er einen hübschen, kunstvoll gearbeiteten Bilderrahmen, in den Frida einen kleinen Zettel gesteckt hat, auf den er vor sehr langer Zeit *Ich liebe dich* geschrieben hatte. Sie hatten sich gerade kennengelernt, hatten zusammen die Nacht verbracht, sie hatte ihm von ihrem Unfall erzählt, und am nächsten Morgen war er zur Arbeit gegangen, sie schlief noch, Diego hatte das versehrte wilde Mädchen betrachtet, in das er sich auf Anhieb verliebt hatte, da schrieb er es auf einen herumliegenden Zettel, einfach so *Ich liebe dich.*

Das hieß: dich. Nur dich. Für immer, *dich.*

Er zertrümmert den Rahmen mit der Faust. Der Zettel fällt zu Boden, Diego schnappt ihn sich und hält ihn an eine Kerze, die auf dem Tisch brennt, die Flamme züngelt einen Augenblick am Papier, dann verschlingt sie es. Vor ihren Augen. Ihre liebe Erinnerung. Ihre Reliquie. Basta. Frida hatte dieses Stück Papier zehn Jahre aufgehoben. »Den wirst du jetzt nicht wieder zusammenkleben, *mi hija.*«

Unerträglich. Es zerreißt Frida, sie schirmt sich ab, mauert sich ein, lässt die Worte an sich herunterrinnen. Ihr ist, als atmete sie die Laute eher, als dass sie sie hört. Sie nimmt sie durch die Nase auf und entwaffnet sie. Dieser Zettel hatte etwas Magisches. Sie will nicht leben ohne diesen Zettel. Ihr ist nach Sterben zumute. Sie muss atmen, sich beruhigen, weiterkämpfen. Sie will nicht aufgeben. Graue Gespenster spuken um sie herum, sie ist hundert Tonnen schwer und zweihundert Jahre alt. Sie kennt diesen Diego genau, den, der gern Autodafés vollzieht. Für den eine Verletzung ein Spiel ist. Das Herz des anderen ein Trottoir.

»Ich verstehe das nicht, Diego. Was willst du denn noch? Du machst doch sowieso, was du willst. Du vögelst jede Frau, die dir über den Weg läuft, übernachtest woanders, wenn dir danach ist, ich habe dich nie an etwas gehindert, Diego. Ich kümmere mich um deine Geschäfte, ordne deine Papiere, ich mache dir das Haus schön, wasche dich, ernähre dich, singe dir Lieder vor, bin dir überallhin gefolgt. Also, was willst du? Niemand kann dich so lieben, wie ich es tue.«

Frida fleht ihn an. Sie glaubt noch, dass sie ihn umstimmen kann.

»Ich will meine Freiheit.«

»Aber du bist doch frei!«

Jetzt schreit sie, endlich, zornig, empört.

»Nein, ich werde nie frei sein, solange du vor meinen Augen bist, Frida«, wirft ihr Diego an den Kopf, sehr ruhig.

Nelkengelb

Ein Hauch von Zartrosa und lebhaftem Orange

Sie gewöhnt sich an eine Flasche Cognac am Tag.

Oder zwei.

Sie ist dreiunddreißig, so alt wie Dorothy Hale, als sie sich aus dem Fenster stürzte. Oft denkt sie an diesen Sprung aus dem sechzehnten Stock, sie denkt daran, wenn sie ihr Haar fallen lässt, wenn sie ihr Blut mit Alkohol tränkt, wenn sie Farbe von ihrem Pinsel tropfen lässt. Sie hat sich wieder die Haare geschnitten. Eine Strähne nach der anderen mit ihrer groben Schere, ohne auch nur einmal in den Spiegel zu schauen.

Warum schneidet Frida sich die Haare ab, wenn sie Diego verliert? Ein Reflex, eine Selbstverstümmelung. Den Schmerz verlagern. Die Kontrolle wiedergewinnen, um nicht unterzugehen. Das geliebte, gepflegte, geschmückte Haar wird ihr unerträglich. Als wären diese Zöpfe Leinen, die sie zu Diegos Gefangener machen. Als könnte sie ihn bestrafen, indem sie sich verunstaltet.

Sie dreht ein bisschen durch, redet mit sich selbst, mit ihren Haustieren, den Bäumen im Patio des blauen Hauses und den Kindern, die sie nie hatte. Sie lässt eine riesige Judasfigur in Skelettform über ihrem Himmelbett anbringen. Deren Gesellschaft ist nicht schlechter als die irgendeines Liebhabers, denkt sie, selbst eines sehr klugen.

Als Frida die Scheidungspapiere erhält, trinkt sie in ihrem Atelier im blauen Haus mit einem ihrer Freunde Tee, der gekommen ist, um das Bild anzuschauen, das sie gerade fertigstellt. Ein großes Format gemessen an den bescheidenen Ausmaßen, die ihre Bilder sonst haben. Zwei Fridas sitzen auf einer Bank und halten einander die Hand. Sich selbst die Hand zu geben, ist das die völlige Einsamkeit, Herr Gott? Die Frida rechts trägt Tehuanatracht, einen olivgrünen Unterrock und ein lavendelblaues und gelbes Hemd. Sie hat ein Medaillon in der Hand, auf dem ein Schwarz-Weiß-Foto von Diego als kleines Kind zu erkennen ist. Ihr anatomisches Herz ist aus der Brust entfernt und scheint, noch klopfend, an ihrem Oberteil befestigt. Ihre Haut ist ein wenig dunkler und die Spur eines Schnurrbarts deutlicher zu sehen als bei der Frida links, deren Haut heller ist, die spanischer wirkt und ein traditionelles Hochzeitskleid trägt. Ihre Brust bietet den Anblick blutiger Leere, aus der das Herz gerissen worden ist. Die autonom gewordenen Adern führen von dem Loch zum herausgetretenen, aber schlagenden Herzen der Frida im Indianerkleid und tränken mit ihrem frischen Blut das Porträt von Diego als Kind. Die Frida im Hochzeitsgewand hat eine medizinische Schere in der Hand und versucht, das Blut aufzuhalten, das aus einer gerissenen Ader fließt, deren auf den Stoff des Kleides getropftes Blut eine Ansammlung von Fleckchen hinterlassen hat, die aussehen wie winzige rote Kirschenmotive.

Zwei Fridas, ein Herz.

Ihr eigenes Double schaffen, wo Frida nicht mehr das Double von Diego sein kann.

Las dos Fridas sitzen so steif und hieratisch da, als seien sie auf ihren beiden Thronen erstarrt. Sie blicken in dieselbe Richtung, scheinen dem Blick des Betrachters zu begegnen und lösen vages Unbehagen aus, als ob diese beunruhigenden Zwillinge um Hilfe riefen, stumm, mit einem bestürzend intensiven Blick ihrer traurigen Augen. In ihrem Rücken kein Horizont, aber ein nachtblauer Gewitterhimmel liegt über ihren Schultern wie ein sie erstickender Mantel.

Der Freund, der zu Besuch ist, der amerikanische Kunsthistoriker MacKinley Helm, flüstert, das Bild sei absolut umwerfend.

»Diego hat gesagt, unsere Trennung wäre von Vorteil, weil ich besser male, wenn ich leide. Offenbar bist du ganz seiner Meinung.«

Frida ist in so düsterer Stimmung, dass man mit ihrer schwarzen Galle die Wand streichen könnte. MacKinley schaut auf die von einem Boten gebrachten Papiere, die Frida aus dem Umschlag gezogen und wütend auf den Tisch geworfen hat.

»Das ist meine Scheidung.«

»Diego erzählt allen Leuten, dass ihr euch einvernehmlich getrennt habt.«

»Ein schönes Märchen, wie es bloß die Oberkröte erfinden kann! Siehst du die Frida dort, die mexikanische? Das ist die Frida, die Diego geliebt hat. Die andere im weißen Kleid liebt er nicht mehr. So einfach kann Kunst sein, mein lieber Herr Kunstkritiker.«

»Frida, du kannst dich nicht allein an der Elle von Diego Rivera messen. Dein Bild ist ein Meisterwerk.«

»Du übertreibst, *dear*. Ich habe soeben erfahren, dass ich das Guggenheim-Stipendium nicht bekomme. Trotz eines

Empfehlungsschreibens von Marcel Duchamp. Ich glaube, ein Brief vom Papst hätte auch nicht geholfen, ich bin nun mal nicht gut genug und hab keinen Peso mehr in der Tasche.

»Weil du eine Frau bist, Frida. Und weil du dich nicht gut verkaufst.«

»Weißt du eigentlich, dass Diego wegen unserer Scheidung ein Fest veranstaltet hat? Warst du vielleicht sogar dort? Er hat ganz Mexiko eingeladen. Alle haben köstlich gespeist und sich prima amüsiert. Er hat den Leuten aus Spaß erzählt, dass er mich nur verlassen hat, um seinen Biografen ins Unrecht zu setzen. Sehr witzig, oder? Bertram Wolfe hat nämlich geschrieben, dass der große Diego Rivera in seiner Frau, ich gebe es sinngemäß wieder, die ideale Gefährtin gefunden hat, auf die er nicht verzichten kann. Und dass wir bis zum Ende zusammenbleiben.«

»Frida, Diego und du, ihr seid eine Art Mythos geworden. Wenn du in der Öffentlichkeit auftauchst, zum Beispiel in der Oper, reden alle nur noch davon, weil du die Attraktion des Abends bist. Deine Kleider, dein Schmuck, deine Augenbrauen, deine diamantengeschmückten Zähne, deine Ausstrahlung. Die Leute können nicht anders, als dich zu beobachten und anzustarren, und in den nächsten Tagen erzählen sie, dass sie Frida Kahlo gesehen haben. Erzähl mir nicht, dir sei nicht bewusst, dass du eine fantastische Persönlichkeit bist. Ich würde es dir nicht glauben. Sieh doch, was du allein zustande bringst, was du malst, was du bist. Was Diego erzählt, ist doch völlig gleichgültig. Niemand kennt eure Wahrheit. Keiner wird sie je kennen.«

»Unsere Wahrheit? Welche?«

Frida sagt nichts mehr, ihr Blick fällt auf die Reproduktion eines Gemäldes von Marcel Duchamp, die sie nach ihrer

Rückkehr aus Paris aufgehängt hat. *Akt, eine Treppe herabsteigend.* Marcel hat es ihr geschenkt und gesagt, dass das Bild anfangs auf starke Ablehnung stieß, weil das Wort *Nu* auf dem Bild steht. Wie kann man vor einem Wort so viel Angst haben, dachte sie. Ihre Augen fallen jetzt auf eins ihrer eigenen Bilder, ein an der Wand lehnendes Selbstporträt. Schmetterlinge im Haar, ein Dornenhalsband mit einem toten Kolibri als Anhänger. Der Kolibri, der nicht laufen kann und den man offenbar in manchen streng geheimen mexikanischen Zauberrezepten verwendet, damit er Glück in der Liebe bringt.

Im November ist die Scheidung vollzogen.

Im November wird in Mexiko auch das Fest der Toten gefeiert. *El Día de Muertos.*

Als Frida mit achtzehn Jahren losging, um den bekanntesten Maler Mexikos auf dem Gerüst im Bildungsministerium zu bitten, ihre Bilder anzuschauen, malte Diego Rivera gerade die Darstellung dieses Festes auf eine Wand. Man sieht dort eine dicht gedrängte Menschenmenge, ein atemberaubendes, wogendes Gewimmel von Köpfen, ein Hin und Her in alle Richtungen, Totenmasken, Trauerhüte, vornehme Damenhüte, Arbeitermützen und Sombreros. Die Menge erweckt den Eindruck einer fröhlichen Sarabande abgeschlagener Köpfe. Man hat das Gefühl, es handele sich um eine lustige Schar von Leichen. Auf einer Estrade spielen Hampelmänner aus Pappmaschee mit Totengesichtern Gitarre. Es werden Würstchen gegrillt, die in dampfende Tortillas voller Guacamole gerollt und auf die Schnelle gegessen werden. Frida hat dieses Fest geliebt, seit sie ein kleines Mädchen war, sie geht gern zum Picknick und zu abendlichen Wachen auf den Friedhof und richtet die Gräber her; jeden Tag besucht sie ihre Mutter, bringt ihr Essen und Nelken, spricht leise zu ihr, redet auch mit ihrem Vater, der erst vor Kurzem gestorben ist. Eigentlich muss man damit warten, es ist zu früh, der Tod ist noch nicht lange genug her, doch sie bricht die Regeln, weil sie ohne ihn nicht leben will, auch wenn er nie besonders gesprächig war. Sie sagt im Singsang alte Abzählreime auf und sitzt auf seinem frischen Grab. Manchmal legt sie sich auch nieder, dann spricht die Erde zu ihr. Sie versieht das Grab mit kleinen Totenschädeln aus Zucker, Schalen mit nach Zitrone riechendem Kopal und Votivkerzen. Sie bereitet für ihre Eltern Essen zu, das sie auf traditionellem Tongeschirr serviert, und gießt Wasser in kleine Schüsseln, damit sie sich vor dem Essen die Hände waschen können. Sie verteilt Spielzeug auf Kindergräbern, sie schmückt ihr Haus mit *papel-picado*-Girlanden in allen Farben, Kerzen, *cempaxóchitles, flores de muertos* in Gelb und Orange, die mit ihren Blütenblättern Wege vorzeichnen, um das Jenseits zu bitten, die Lebenden zu grüßen. Die Leute schminken und verkleiden sich und sehen schauerlicher aus als die in den Schränken versteckten Wölfe unserer Kindheit.

Sich Masken der Toten über unsere Masken der Lebenden streifen. Das ergibt Sinn, oder?

Frida ist im Lauf der Jahre mehrmals zu dieser Wand zurückgekehrt, ihre Schritte folgten dabei ganz der Karte der inneren Pilgerwege, die jeder in sich trägt, sie kehrte an den Ort zurück, an dem sie zum ersten Mal mit Diego gesprochen hat, zu der Kreuzung, an der die Straßenbahn sie für immer versehrt hat, auf die Straße, an der die Laternen ausgingen, als sie sich küssten. Auch zu den Orten, die es nicht mehr gibt: das erste Fresko von Diego im Bolívar-Hörsaal, wo Frida ihn stundenlang beobachtete. Es wurde zerstört.

Was spürt man an den von unserer Erinnerung verlassenen Orten?

Sie hat die Kopie eines Briefes aufgehoben, den sie an Jacqueline Lamba auf dem Schiff geschrieben hat, das sie zurück nach Mexiko brachte. Wie sie sonst Fotos und Haarsträhnen in den Saum ihrer Röcke und *rebozo*-Schals einnäht, um die Reliquien ihrer immer wieder taumelnden Liebesbeziehungen stets bei sich zu tragen, hat sie den Schluss dieses Briefes in ihr Mieder eingenäht: »Auch du *weißt*, alles, was meine Augen sehen und was mein Ich berührt, ganz gleich, welche Entfernung uns trennt, ist Diego. Die zärtliche Berührung der Bilder, die Farbe der Farbe, die Drähte, die Nerven, die Bleistifte, die Blätter, der Staub, die Zellen, der Krieg und die Sonne, alles, was in den Minuten außerhalb von Zifferblättern, Kalendern und leeren Blicken lebt, das ist *er*.«

Diego, die Farbe der Farbe.

Nichts ist schwarz, wirklich nichts

Neun Monate später fragt Diego Frida Kahlo, ob sie damit einverstanden wäre, ihn ein zweites Mal zu heiraten.

Bitte, *Chiquita*.

Bitte.

Sie ist einverstanden.

Ihr Gesundheitszustand ist beunruhigend, sie weiß, dass sie von innen heraus verloren ist. Körper abgelaufen. Diego arbeitet in San Francisco. Er bittet sie, zu ihm zu kommen, um sich dort behandeln zu lassen, Doktor Leo warte bereits auf sie. Warum hat Diego seine Meinung geändert? Frida will sich diese Frage nicht stellen, dann müsste sie denken, dass er Mitleid mit ihr hat. Sie weigert sich. Wenn sie sie stellen würde, müsste sie denken, dass er verrückt ist.

Sie verspürt Erleichterung. Als hätte Diego ihr die Tür geöffnet, um sie vor prasselndem Regen zu schützen.

Frida macht sich Frisuren wie eine Königin, um den Verfall ihres Körpers zu verbergen und sich selbst Geschichten zu erzählen. Die Geschichte von Diego und Frida, die nicht ohneeinander leben konnten. Sie wohnten in einem blauen Lebkuchenhaus, und trotz aller Dornen, die sie einander in die Körper trieben, sahen sie ihre Tage in Rosa, einem berühmten Rosa, das man nur in Mexiko findet, einem so stark flimmernden Rosa, dass es Tote erweckt.

Am 8. Dezember, Diegos Geburtstag, heiraten sie wieder.

Ohne Feier.

In San Francisco, wo Diego an seinem neuen *mural* arbeitete.

Am Vormittag unterschrieben sie die Papiere.

Am Nachmittag machte Diego sich wieder ans Werk.

Vergnügt.

Er knöpfte sich prahlerisch das Hemd auf, zog das Unterhemd hoch und präsentierte seinen belustigten Assistenten seinen dicken Bauch, voller Lippenstiftküsse von Frida, seiner *ganz neuen* Ehefrau.

Bei ihrer Rückkehr nach Coyoacán stellt Frida in der Küche des blauen Hauses zwei hübsche kleine Uhren auf ein Regal, auf denen die Zeit stillsteht. Auf die eine schreibt sie das Datum ihrer Scheidung: *1939, die Stunden sind zerbrochen.*

Auf die zweite: *8. Dezember 1940, 11 Uhr, San Francisco, Kalifornien.*

Die verlorene Zeit zeichnen.

IV
MEXIKO, 1954

Diego Anfang Diego Erbauer Diego mein Kind Diego mein Liebster Diego Maler Diego mein Geliebter Diego ›mein Mann‹ Diego mein Freund Diego meine Mutter Diego mein Vater Diego mein Sohn Diego = ich = Diego Universum

Frida Kahlo, *Gemaltes Tagebuch*

Elfenbeinschwarz

Reines Schwarz

Meine Frida. Der Anblick deiner Augen wie zwei offene Flügeltüren einer Kirche. Lackiert und wurmstichig. Zwei schwarze Sorbetkugeln. Du mochtest Kirchen nie besonders, *mi amor*. Man weiß nicht, was Kälte ist, bevor man nicht auf tote Augenhöhlen geblickt hat. Ein Jenseits ohne Eroberung.

Diego denkt, zu feierlich, seiner selbst bewusst, unpassend: Ich sehe zum letzten Mal deine Augen, Kahlo, Gift meines Lebens.

Er weiß nicht, wie er sich verhalten soll, er fühlt sich alt, plötzlich, alt wie noch nie. Nie hat er sich in einem Bett alt gefühlt. Nie hat er sich vor einer zu bemalenden, zu beherrschenden, zu zähmenden Wand alt gefühlt. Immer war er beweglich, der Krötenfrosch, trotz der dicken Wampe. Er ist ein Esel, agil und störrisch, mit kräftigen Gliedern. Er tanzt wie ein Vogel voller Nacht. Er ist der Mann deiner Träume, *niña guapa*.

Aber jetzt weiß er nicht mehr, wie er aufrecht stehen soll, er denkt an seine Wirbelsäule, die launisch ist und sich verbiegt. Ich würde gern strammstehen, vor dir. Nur einmal. Nur dieses Mal. Vor deinem mageren verblühten Körper, deiner spröden Haut, den Falten um deinen Hexenmund. Deinen getarnten weißen Haaren. Ich habe deine Makel immer ebenso deutlich gesehen wie die Nase in deinem Gesicht. Was ich als Erstes an dir bemerkt habe, Frida, war das Humpeln.

Diego denkt nach, denkt intensiv nach, er sieht das unscheinbare Mädchen vor sich, mit ihren hässlichen dürren Beinen, einer unschönen Nase, zu diskreten Brüsten, ohne Saft, ohne Versprechen, ein leicht indianisches Gesicht. Und dieses versehrte Bild einer Frau baute sich eines Morgens im August 1928 vor ihm auf. Vor ihm, der schon alles gesehen, alles begriffen, alles gespürt, alles gevögelt hatte. Diego Rivera.

Du hast dich vor mir aufgebaut, Frida. Du hattest eine solche Wut in den Knochen.

Du warst so schön.

Ich habe nicht gleich verstanden, dass du der Unfall warst.

Man muss feststellen, ob der Tod eingetreten ist. Denn die Frau in dem Krankenhausbett schwebt noch zwischen zwei Ufern. Nein, sie ist bereits tot. Aber die Lebenden haben Angst. Man kann einer Göttin nicht leicht die Augen schließen wie die Erinnyen, ihre Tränen verfolgen einen in alle Stadien des Schlafs, man muss zum Ende kommen. Das ist die winzige Hoffnung der Menschen. Das Sterben derer beschreiben, die sie geliebt haben. Die Krankenschwester im weißen, sehr weißen und zu oft gewaschenen Kittel reicht ihm das Skalpell. Diego schluckt. Es hilft nichts, es muss sein. Er ergreift Fridas linkes Handgelenk, erstaunlich locker. Und weich. Der Tod ist noch so neu.

Er schneidet mit dem Skalpell mit der Geste eines Malers die Vene auf.

Es wird rot, ohne zu bluten. Es ist nur rot. Rot wie das Schwarz, wenn die Sonne launisch ist. Er legt es hin. Die Augenhöhlen haben nicht gezuckt. In ihm verändert sich etwas.

Er hebt das rechte Handgelenk an. Er ritzt einmal, zweimal. Sie ist tot.

Diego, was hat sich geändert?

Du warst immer fatal, Frida.

Er hat sich aufgerichtet.

Ein großer Maler in strammer Haltung.

Die Farbe der Farbe

Tintenschwarz

Diego, dein D baut ein Haus, das mich ganz bedeckt.

Ich atme in dem I, das wie ein Schornstein nach oben zieht.

Dein dicker Bauch einer schwangeren Frau nimmt die Form eines G an, das sich um meine Magerkeit legt.

Ich ertrinke in deinem O, deinem schrecklichen, zu weiten, übermächtigen O, endlose Welt des überlegenen Mannes, *Dios*-Diego, ich bade in deinem O, damit meine Narben trocknen, die langsam weißer werden, sichtbarer, um sie dir zu zeigen, damit du mich bedauerst, damit das O sich in ein drittes Auge verwandelt, in das Auge eines Menschenfressers, das durch meine Kleider hindurchsieht und meine Gedanken liest.

Und das E ist eine Leiter, ich steige hinauf, eins, zwei, drei, ich springe, und ich falle nicht.

Ich fliege, DIEGO.

Weil ich bei dir Schutz finden wollte, übersah ich, dass du der Sturm bist. Ich hätte Schutz vor dir suchen müssen.

Andererseits, wer will schon ohne Stürme leben?

Frida hat Diego gebeten, das Licht auszuschalten und die Tür zuzumachen. Sie betrachtet ihre Ringe.

Und die leere Stelle, an der ihr rechtes amputiertes Bein liegen müsste.

Sie schlägt ihr Tagebuch auf und schreibt: *Ich hoffe, der Ausgang wird fröhlich sein – und ich hoffe, nie wiederzukehren – Frida*, und Frida schließt die Augen, in großer Ruhe.

Dann steht sie aus dem Bett auf, sie hat zwei gesunde Beine und die Kraft eines jungen Mädchens, wie vor dem Unfall, ihr Haar ist gelöst, es ist lang und schwarz, sie ist jung wie der Frühling, sie öffnet weit das Fenster, die Luft strömt herein, ein Fenster mit Aussicht, das, welches jeder in seinem Kopf hat, es ist schönes Wetter oben im Hampshire House, sie betrachtet die Linie des Himmels, und die der Sonne, aber die Sonne hat keine Linien, oder? Sie nimmt Dorothy Hale bei der Hand; beide holen tief Luft und springen ins Leere, wie zwei Mädchen, die spielen, in eine Pfütze zu hüpfen.

Aschgrau

Diego erinnert sich an jedes Detail dieser Feier. Es war letztes Jahr im April. An die erste Ausstellung der Bilder von Frida Kahlo in Mexiko. Zu Hause, in ihrem Mexiko. Die erste und einzige. Fridas Freundin Lola Álvarez Bravo hatte den Vorschlag gemacht und auch gleich ihre Galerie für zeitgenössische Kunst angeboten, eine Galerie in dem quirligen Viertel Zona Rosa. Vor dreizehn Jahren hatten sie beide wieder geheiratet, er und Frida, und vor vierundzwanzig Jahren zum ersten Mal. Frida verließ das Bett nicht mehr, verloren in Absenzen, die sie zu weit wegführten. Vierzehn Operationen hatte sie in den vergangenen vierzehn Jahren über sich ergehen lassen, lange Monate im Krankenhaus mit Klagen, Folterkorsetts, Betäubungsmitteln und Alkohol, und dem Beil für die Amputation ihres Beines, die nicht mehr zu verhindern war.

Ihr Bein zu verlieren war wie das Ende ihres Theaters. Ende des Schauspiels. Frida verlor den Verstand. Sie sagte zu Diego: »Du wirst mich gefälligst nicht beerdigen lassen, ich will, dass du diesen verdammten Körper verbrennen lässt, ich will keine Sekunde der Ewigkeit im Liegen verweilen.«

Angesichts des endlosen Leidens seiner Frau dachte Diego manchmal zermürbt, wenn er sie wirklich lieben würde, müsste er sie töten, sie erlösen.

Sie beide erlösen.

Lola sagte zu Diego: »Ich glaube, man muss die Leute ehren, solange sie noch am Leben sind, oder? Nicht erst, wenn sie tot sind.«

Lola hatte diese glänzende Idee. Diego fragt sich in diesem Moment, warum er nicht selbst darauf gekommen ist, warum er nicht eher und von sich aus daran gedacht hat, Fridas erste Ausstellung in Mexiko zu organisieren.

In dem eintönigen Grau, das ihre Tage verschlang, fand Frida einen Rest Fröhlichkeit. Sie schrieb sämtliche Einladungen mit der Hand. Keiner wurde vergessen. Alle Leute, die sie in ihrem Leben in der Nähe und aus der Ferne kennengelernt hatte, von der Blumenhändlerin aus Cocoyacán bis zu ihrem einflussreichsten amerikanischen Freund, wurden eingeladen, alle mit denselben Worten auf einer Karte voller Zeichnungen und Farben. Sie war wie ein begeistertes Kind, das seine Klassenkameraden zur *piñata* seines Geburtstags einlädt.

Die Nachricht von dem Ereignis zog weite Kreise, Lola erhielt Anrufe von Journalisten aus ganz Mexiko, aber auch aus den USA und sogar aus Europa. Am Tag der Vernissage versammelten sich schon am späten Vormittag viele hundert Menschen vor der Galerie und warteten auf das Öffnen der Türen. Es war wie sie, unkontrollierbar.

Das Verdikt der Ärzte war gnadenlos, Frida Kahlo ging es viel zu schlecht. Sie verboten ihr strikt, das Bett zu verlassen.

Diego erinnert sich an ihr freches Lächeln und das lodernde Feuer in ihren funkelnden Augen, das er zum ersten Mal bei der ganz jungen achtzehnjährigen Frida gesehen hatte, als sie ihm sagte: »Wir machen es so, *mi amor* …«

Diego erinnert sich an die Menge, die in der Calle Amberes auf den letzten Atemzug einer Königin wartete, die Menge, die gekommen war, um die ganze Nacht vor den Bildern der mexikanischen Nofretete zu singen und zu trinken, eine Menge von fiebernder Ungeduld, als sich plötzlich eine Wagenreihe einen Weg durch die Menge bahnte und aus einem alten Lastwagen zehn Männer behutsam das riesige, mit Bändern geschmückte, mit Spiegeln verzierte und mit Judaspuppen bevölkerte Himmelbett hoben, in dem still die prachtvoll gekleidete *pintora* Frida Kahlo lag.

Die kleine Frida, alterslos, abgemagert bis auf die Knochen, übermäßig geschminkt, um ihr ausgemergeltes Gesicht mit einer Maske aus Farben zu bedecken, die kleine Frida trank in dieser Nacht viel Tequila, um ihre Schmerzen wegzuspülen; die Leute berührten ihr Bett, ihren Rock und ihre beringten Hände wie bei einer Heiligen mit Heilkräften, wie man ein Stück Unsichtbares stiehlt, erinnert sich Diego. Seine Hexe Frida, die ihre letzte Energie aufbrachte, um das beste Schauspiel darzubieten, schwirrend, begeistert, verzückt, glücklich wie eine *niña*, die zum ersten Mal ehrliche Komplimente von Erwachsenen erhält, Frida, die mehr Lärm forderte, mehr Flüche, mehr Menschen, noch eine Zigarette, noch ein Glas, noch ein Glas! Die jede Wange, jeden Mund küsste, um die letzten Spuren Rot auf den Empfindungen eines Lebens zu hinterlassen.

Ein *goodbye cocktail*, bevor man sich aus dem sechzehnten Stock in die Leere stürzt.

Voller Freundschaft und Zuneigung / direkt aus dem Herzen kommend / habe ich das Vergnügen, Sie zu meiner bescheidenen Ausstellung einzuladen / Um acht Uhr abends / – schließlich haben Sie eine Uhr – / warte ich auf Sie in der Galerie von Lola Álvarez Bravo. / Sie befindet sich in der Amberes Nr. 12 /

mit Türen auf die Straße / damit Sie sich nicht verirren / das ist alles, was ich sagen werde. / Ich möchte nur eins: Ihre gute und aufrichtige Meinung hören. / Sie sind gebildet / Sie verfügen über erstklassige Kenntnisse. / Diese bemalten Vierecke / habe ich mit meinen eigenen Händen gemalt / sie warten an den Wänden darauf, / meine Brüder zu erfreuen. Nun, mein lieber cuate / *mit echter Freundschaft / bin ich Ihnen von Herzen dankbar. / Frida Kahlo de Rivera*

Diego erinnert sich, wie seine Prinzessin Frida inmitten ihrer Bilder schwebte, zum ersten Mal, inmitten all der Bilder wie groteske und verblüffende Reflexe.

Er erinnert sich besonders an ein Bild, das sie in den 40er-Jahren gemalt hatte, *Die gebrochene Säule*. Ein erschreckender und zugleich sinnlicher Anblick. Man sieht Frida mit erotisch offenem Haar, nackt bis zur Taille, schamlos ihre perfekten Brüste zeigend. Doch im Gesicht und in dem Oberkörper, der von einem Korsett gestützt wird, stecken zahlreiche Nägel, er ist zweigeteilt wie auf einer anatomischen Schautafel, sodass das Rückgrat erschreckend sichtbar ist, dargestellt als zerstörte antike Säule.

Er, Diego, hat Frida niemals nackt gemalt, dabei malte er die Haut so vieler anderer Frauen.

Dies wird ihm jetzt bewusst, wo er allein ist mit Fridas Graburne, die er liebevoll in eine Kinderwiege gestellt hat. Diese Wiege stand immer neben dem Bett seiner Ehefrau, und sie bettete darin mütterlich ihre Lieblingspuppe. Sie wiegte und pflegte ihre kleinen Puppen. Wie viele besaß sie? Unzählige. Wenn sie im Krankenhaus war, gab sie Diego Anweisung, während ihres Wegseins für die Puppen zu sorgen.

Diego tat es. Zärtlich deckte er Fridas Spielsachen zu.

Er erinnert sich an den Abend ihres Todes.

Er war den ganzen Tag an ihrem Bett geblieben.

Der Arzt sagte immer wieder: »Sie ist sehr krank, Diego.« – »Ich weiß.« – »Sie ist wirklich *sehr* krank.«

Am Abend schenkte Frida ihm einen Ring, den sie für ihren Hochzeitstag gekauft hatte.

»Es ist erst in drei Wochen, Frida. Bitte schenk ihn mir jetzt noch nicht.«

»Doch, heute Abend, das ist gut.«

Frida schlief ein, sie atmete ruhig. Er strich ihr leicht mit den Fingerspitzen über die Lippen, als zeichnete er einen Kuss, und stand auf. Als er das Zimmer verlassen wollte, vernahm er in seinem Rücken eine schwache Stimme. Sie murmelte: »*Mi amor, mi único amor, mi gran amor, ahora apaga la luz y cierra la puerta.*« Er drehte sich nicht um. Er löschte das Licht und schloss die Tür.

Er ging zur Arbeit nach San Ángel.

Er erinnert sich daran, dass sich Fridas Körper, als sie bei der Einäscherung ins Feuer kam, durch die Hitze noch einmal aufrichtete. Sie sah alle Lebenden an, aufrecht auf ihrem Scheiterhaufen sitzend, um ihr Haar eine Krone von loderndem Feuer.

Ihm wird bewusst, dass er ihr nie gesagt hat, dass seine Liebe zu ihr das Beste in seinem Leben war, und jetzt ist es zu spät. Er erinnert sich, dass sie, Frida Kahlo, oft in der unnachahmlichen Art Frida Kahlos Bemerkungen fallen ließ wie: »*Panzón*, der Tod ist nichts weiter als ein Prozess der Existenz, nicht?« Oder: »Wir können jeden Augenblick sterben, *mi hijo*, also sollen wir uns nicht, bevor wir diese Welt verlassen, ein bisschen amüsieren?« Oder vor allem: »Wenn man wahnsinnig liebt, muss man es sehr, sehr schnell sagen, weil man sonst stirbt, ohne es gesagt zu haben, oder?«

Er sieht Fridas Augen.

Das Schwarz voller Licht. Strahlende schwarze Augen.

Ich hoffe, der Ausgang war fröhlich.

Er schenkt zwei Gläser Tapatío-Tequila ein, ihre Lieblingssorte, aus blauen Agaven gemacht. Er füllt die Gläser bis zum Rand, stößt an und kippt das erste Glas hinunter. Der Alkohol verbrennt seinen abgrundtiefen Kummer. Er leert das zweite Glas und stellt es vorsichtig auf den Tisch.

»Keine Sorge, Liebe meines Lebens, jetzt brauchst du nie mehr zu liegen.«

Er öffnet die Urne, greift hinein und nimmt ein Häuflein Asche heraus. Er nimmt es vorsichtig in die Hand, damit nichts herunterfällt, schließt die Augen und schluckt es hinunter.

Anmerkung

Bei den kursiv gesetzten Stellen handelt es sich um kleine Anspielungen der Autorin oder um fremdsprachige Ausdrücke oder um Zitate von Frida Kahlo und Diego Rivera.

Oder auch um Zitate aus dem Gedichtzyklus *Grashalme* von Walt Whitman (aus dem Englischen von Hans Reisiger).

Der Ausspruch »um Neues zu entdecken« spielt auf das Gedicht *Die Reise* von Charles Baudelaire an.

»Das Haus als ein anderes Gesicht dessen, der es bewohnt« ist ein Gedanke von Georges Gusdorf.

»Ein Leben ohne Frida wäre ein blasser Stern« ist eine Anspielung auf das Baudelaire-Gedicht *Die Tonkunst.*

»Der Rest ist Literatur« (eigentlich: »Und der ganze Rest ist Literatur«) ist ein Satz des großen und einzigartigen Paul Verlaine. *Amor de mi vida.*

Ich danke (ganz besonders) Albéric de Gayardon, Virginie Hagelauer, Olivier Jacquemond, Claire de Vismes, Clémence Witt und Pierre Berest fürs Gegenlesen.

Dank an Patrick Mahuet und Olivier de Solminihac fürs Korrekturlesen (ein wichtiger Job).

(Unendlicher) Dank an David Simonetta für das – maßgefertigte – Gemälde *Frida, kiss me hard* und an Hani Harbid für die Umschlaggestaltung der Originalausgabe.

Mein (ganz besonderer) Dank gilt Manuel Carcassonne, Alice d'Andigné, Debora Kahn-Sriber, Vanessa Retureau (und all den Feen der Éditions Stock).